Dietz

Regine Hildebrandt

Wer sich nicht bewegt, hat schon verloren

Verlag J.H.W. Dietz Nachfolger

Die Deutsche Bibliothek – CIP-Einheitsaufnahme

Hildebrandt, Regine:
Wer sich nicht bewegt, hat schon verloren /
Regine Hildebrandt. – Dietz, 1996

ISBN 3-8012-0236-4

In der Raste 2, D-53129 Bonn
Lektorat: Christine Buchheit
Umschlaggestaltung: Manfred Waller, Reinbek
© Foto: Werner Schüring, Grafschaft
Druck und Verarbeitung: Clausen & Bosse

Printed in Germany 1996

Inhalt

Ich weiß, wovon ich rede

»Im Durchschnitt«, sagt eine Redensart, »war der See nur einen Meter tief, und trotzdem ist die Kuh darin ertrunken.«

Ich weiß, wie vorsichtig man mit Verallgemeinerungen umgehen, wie genau man auch die Teile betrachten muß, aus denen sie sich zusammensetzen. Eine Fülle von Statistiken, Untersuchungen, Umfragen flattert auf meinen Schreibtisch. Doch Zahlen, und seien sie noch so zuverlässig, sagen nicht alles. Sie sind abstrakt und kalt und könnten in Versuchung führen, die Schicksale der Menschen, die hinter ihnen stehen, aus den Augen zu verlieren. Exakte Daten, die mancher für das Nonplusultra hält, sind für meine Arbeit wichtig, so unverzichtbar wie Rat und Tat meiner engagierten und kompetenten Mitarbeiterinnen und Mitarbeiter. Aber die Übersicht über das große Ganze darf nicht den Blick für das einzelne trüben. Beides ist notwendig, um sich ein richtiges Bild von der Welt oder von einem Ausschnitt der Welt zu machen.

Der Ausschnitt, um den es hier gehen soll, ist der soziale Alltag in Ostdeutschland gut ein halbes Jahrzehnt nach der

Vereinigung. Am meisten werde ich natürlich vom Land Brandenburg erzählen, in dessen Regierung ich verantwortlich bin für Arbeit, Soziales, Gesundheit und Frauen. In aller Bescheidenheit: Ich denke, ich weiß, wovon ich rede. Ich kenne in Brandenburg fast jeden Winkel. Sooft es meine Zeit erlaubt, bin ich unterwegs in den Städten und Gemeinden, um mit den Menschen zu sprechen. Weder sie noch ich nehmen in unseren Diskussionen ein Blatt vor den Mund. Wir schauen uns gegenseitig sogar sehr genau aufs Maul. Ich weiß, wie die Menschen zwischen Havel, Spree und Oder denken, fühlen, reden. Wie sie leben.

Ich bin selbst im Osten geboren und aufgewachsen, ich lebe dort nach wie vor, ich bin meinem sozialen Umfeld – meiner großen Familie, meinem Freundeskreis, der Berliner Gegend, in der ich seit Jahrzehnten wohne – treu geblieben. Und auch meine wesentlichen Überzeugungen haben sich durch die Wende nicht verändert. Die klingen, so unverblümt und zugespitzt, wie ich mich gern ausdrücke, in manchen Ohren nicht angenehm. Man läßt es mich hin und wieder in persönlichen Angriffen und in bösen Briefen spüren. Mit solchem Widerspruch kann ich leben, weil ich mir der Zustimmung von sehr vielen gewiß bin, die nicht zu den Privilegierten unserer vorwiegend von Egoismus geprägten Gesellschaft gehören und die das Engagement verantwortungsbewußter Politiker brauchen. Seit ich Politikerin »von Berufs wegen« bin, habe ich natürlich auch ein Mindestmaß an notwendigem diplomatischem Verhalten erlernt. Dennoch mache ich aus meinem Herzen nicht gern eine Mördergrube. Das wird, so hoffe ich, auch in diesem Buch zu spüren sein.

Freiheit, die ich meine

»Jetzt reicht's«, sagten 1989 die Menschen in der DDR, »Einschränkung, Bevormundung, Zwang – wir haben's satt.« Zuerst flüchteten Tausende über Prag und Budapest in den Westen, dann gingen die zu Hause Gebliebenen in Massen auf die Straße. Zunächst riefen sie »Wir sind das Volk!«, sehr bald schon »Wir sind ein Volk!«, die Ereignisse überschlugen sich, stürzten 1990 auf die Wirtschafts- und Währungsunion und auf die deutsche Vereinigung zu. Niemand, der ehrlich ist, wird im Ernst behaupten, er hätte damit gerechnet und für den Fall der Fälle einen Plan in der Schublade gehabt. Die Politik konnte auf diese rasend schnelle Entwicklung gar nicht vorbereitet sein. Als Ministerin für Arbeit und Soziales gehörte ich damals zum Kabinett de Maizière, der letzten DDR-Regierung, und ich erinnere mich sehr gut, wie eingeschränkt Spielräume und Gestaltungsmöglichkeiten waren.

Mahnende Stimmen – wie sie aus meiner Partei, der SPD, kamen –, die zu bedenken gaben, daß eine schnelle Vereinigung neben großen Chancen auch große Risiken in sich berge, Anstrengungen, Verzicht und Geduld der Menschen in Ost und West fordere, wurden vor allem im Osten nicht gern gehört. Die Parole von den blühenden Landschaften und das Versprechen, keinem würde es schlechter gehen, klangen verlockender.

Trotz leichtfertiger Versprechen, trotz Unterlassungen, Irrtümern und Fehlern, die aus Unerfahrenheit im Umgang mit einer so unerwarteten Entwicklung, aus Übermut, politischem Kalkül, aus Eitelkeit oder aus Selbstüberhebung begangen wurden, und trotz mancher Enttäuschung, die im Osten umgeht, stelle ich mir aber auch die Frage: Was wäre aus der DDR ohne die Vereinigung mit der Bundesrepublik geworden, was hätten wir aus eigener Kraft erreicht, verhindert, versäumt, verpfuscht? Das Bild, das mir bei solchen Gedanken vor Augen steht, sieht, vorsichtig formuliert, auch nicht gerade rosig aus. Übrigens: An der ewigen Existenz des deutschen Teilstaates DDR war mir auch in deren besten Jahren (wenn es die denn gegeben hat) zu keiner Zeit gelegen.

Die Mehrheit der Ostdeutschen hat also die schnelle Vereinigung gewählt, hat sie mit Ungeduld und Hartnäckigkeit ertrotzt. »Diesen Zwang, diese Gängelei«, sagten sie, »wollen wir nicht mehr.« Was aber wollten sie? Die vielfältigen Möglichkeiten, diese in all den Jahren zuvor meist nur oberflächlich diskutierte Frage zu beantworten, hat mitunter sogar Familien entzweit und gute Freunde auseinandergebracht. Wogegen man war in der DDR, das wußten die meisten ziemlich genau, doch das Wofür stand selten zur Debatte, denn, so dachte fast jeder, es würde sich ja doch nie etwas Grundsätzliches ändern. Freiheit hieß der gemeinsame Nenner. Doch welche Gestalt sollte die Freiheit haben?

*

Seit dem 1. Juli 1990 bezahlen auch wir Brandenburger, Mecklenburger, Anhaltiner, Thüringer, Sachsen und Ostberliner mit der guten D-Mark, seit dem 3. Oktober 1990 sind wir Bürger der Bundesrepublik. Von heute auf morgen mußten wir einen schier unglaublichen Wandel verkraften. Jeder von uns hat ihn am eigenen Leibe verspürt, und es ist eigentlich ein Wunder, daß die ungewohnten Verhältnisse relativ schnell als alltäglich empfunden wurden und die Irritationen nicht noch weitaus größer sind, als wir es jetzt erleben. Wer im Westen hat sich jemals wirklich in unsere Situation versetzt: Obwohl man sich keinen Schritt von der Stelle gerührt hatte, fand man sich über Nacht in einer neuen Welt wieder, in der kaum noch etwas so ist, wie es gestern war.

Soviel es an der DDR auszusetzen gab, so sehr hatten sich doch die meisten an sie gewöhnt und sich - manche zähneknirschend, manche recht und schlecht, manche leidlich komfortabel und manche mit dem Willen zur Veränderung - in ihr eingerichtet. Die Sicherheit, die geliebte oder ungeliebte Arbeit, das dichte oder defekte Dach über dem Kopf niemals einbüßen zu können, die Gewißheit, noch im schlimmsten Fall von einem eng geknüpften sozialen Netz - das natürlich von unerfreulichen und oft schwer erträglichen Zwängen und Bevormundungen durchwirkt war - aufgefangen zu werden, war uns allen in Fleisch und Blut übergegangen. Ein möglicher Absturz konnte zumindest nicht die Existenz bedrohen - es sei denn, man bekannte sich offen zu politischer Opposition.

Allerdings durfte man auch nicht auf ungeahnte Höhenflüge hoffen; kühne Träume, so man je welche hatte, ließ man meist in der Jugend zurück oder schloß sie tief in sich ein. Die Aussicht, daß das Leben in vorgezeichneten Bahnen verlaufen würde, von denen es nur geringfügige Abweichungen gab, war eher langweilig als aufregend, aber für sehr viele doch angenehm beruhigend. Der Staat kümmerte sich um alle und alles. Die von hunderttausendfachem Gebrauch abgenutzte Parole »Alles zum Wohl des Volkes« wurde bis zum Überdruß strapaziert und von ihren Adressaten nur noch mit Gleichgültigkeit oder mit Hohn quittiert. Doch an seine soziale Sicherheit mußte der einzelne tatsächlich kaum einen Gedanken verschwenden. Und in wem steckt schon ein kompromißloser Abenteurer, der gewisse Garantien nicht zu schätzen weiß?

Anspruch auf soziale Sicherheit zu haben, gehörte zu unseren wichtigsten Grunderfahrungen. Die staatlich gelenkte Fürsorge wurde uns geradezu aufgedrängt, es gab so gut wie keine Alternativen der medizinischen Versorgung, der Berufsausbildung, der Betreuung von Kindern in Krippen und Kindergärten, der Wohnungssuche, der Wahl des Arbeitsplatzes.

Sogar Planung und Gestaltung des Urlaubs legte man häufig in fremde Hände. Für die Bereitstellung von preiswerten Plätzen in Ferienheimen war die Gewerkschaft zuständig, und wenn man keinen Ferienplatz »abbekam«, hatte man wieder einmal Grund, auf die DDR zu schimpfen. Auf eigene Faust zu reisen, war stets mit Problemen belastet: Das einzige, natürlich staatliche, Reisebüro bot ein eher klägliches Programm an, private Ferienquartiere in reizvollen Gegenden durften legal nur über die Gewerkschaft vermietet werden, über die Campingplätze an der Ostsee brach regelmäßig zu Jahresbeginn eine kaum zu bewältigende Flut von Anmeldungen herein.

Wir können uns drehen und wenden, wie wir wollen, von den ganz Jungen abgesehen, wurden die Ostdeutschen von einer »Fürsorge« geprägt, die in vielen Bereichen wirkliche Selbständigkeit so gut wie unmöglich machte. Arbeit, Kinderbetreuung, niedrige Mieten und Fahrpreise, billige Grundnahrungsmittel zählten sie zu ihren selbstverständlichen Rechten. Der Staat war für einen bedeutenden Teil ihres Wohlergehens verantwortlich, auch wenn er dieser Verantwortung nur unzulänglich gerecht wurde. Aus den Angeln gehoben wurde er von übermächtig werdenden Wünschen seiner Bürger, die über die Grundbedürfnisse hinausgingen, und von seiner wirtschaftlichen Misere, die ihm selbst die Befriedigung dieser Grundbedürfnisse auf Dauer nicht mehr erlaubt hätte.

1990 standen plötzlich sechzehn Millionen Menschen, sobald sie nur einen Schritt vor die eigene Haustür taten, auf fremdem Terrain; nachdem die erste Euphorie verflogen war, spürten sie einen scharfen Wind, der ihnen ins Gesicht blies. Der Boden schwankte unter den Füßen, und daß jeder seines eigenen Glückes Schmied sei, war keine Floskel mehr, sondern oft unbarmherzige Realität, mit der viele nicht zurechtkamen. Sie hatten es nicht gelernt, weil sie es früher nicht lernen mußten.

Arbeitslosigkeit war nicht mehr ein fernes Phänomen, sondern die bittere, alltägliche Erfahrung von Millionen. Die Mieten stiegen auf ein Vielfaches, und sie steigen weiter, solange sie das hohe Westniveau nicht erreicht haben. Die bezahlbare Wohnung ist nicht mehr selbstverständlich, das macht vielen die größte Angst. Ende 1995 schätzte die Bundesarbeitsgemeinschaft Wohnungslosenhilfe die Zahl der Menschen ohne ständige Wohnung in Ostdeutschland auf über vierzigtausend. Sie wächst jährlich um etwa ein Viertel.

Zu Beginn des Jahres 1996 fiel auch der für eine Übergangszeit festgelegte besondere Mieterschutz weg. Hunderttausende von Menschen müssen mit der latenten Furcht leben, wegen möglichen Eigenbedarfs des Vermieters plötzlich auf der Straße zu stehen, obwohl sie immer pünktlich ihre Miete bezahlt haben. Vor dem Einfamilienhaus, dem liebevoll gepflegten Schrebergarten, dem Wochenendgrundstück mit dem mühselig gebauten, bescheidenen Ferienhäuschen – man hatte sich daran gewöhnt, sie als etwas eigenes zu betrachten, ohne damit unbedingt einen juristischen Begriff zu verbinden – stehen die Alteigentümer und pochen auf ihre Rechte.

Sehr vieles von dem, was als sicher galt und woran oft auch das Herz hing, ist in Frage gestellt. Ängste und Unsicherheit, das soll man nicht unterschätzen, sind ungleich belastender, wenn man nicht von Jugend an gelernt hat, mit ihnen umzugehen, wenn man ihnen unvorbereitet ausgeliefert ist.

Ja, sagten 1995 in einer Untersuchung zweiundachtzig Prozent der befragten Ostdeutschen, früher war das Leben leichter. Und neunundfünfzig Prozent würden nun doch ein gesellschaftliches System ohne große Risiken vorziehen, auch wenn sie dafür geringere Chancen in Kauf nehmen müßten. Es ist schon etwas dran, wenn den Neu-Bundesbürgern nachgesagt wird, sie wollten am liebsten alles auf einmal haben: diese gewisse »Geborgenheit« der DDR und die augenfälligen Vorteile des kapitalistischen Systems – das ungleich größere und verlockendere Warenangebot, die persönliche Freiheit, mit der oft vor allem die Reisefreiheit gemeint ist. Doch um die neuen Möglichkeiten auskosten zu können, braucht man Geld, und daran fehlt es nicht nur den Langzeitarbeitslosen. Wer allerdings Arbeit hat und gut verdient, mag mit den Annehmlichkeiten seines neuen Lebens durchaus zufrieden sein und darüber hinaus auch Vorzüge wie politische Freiheiten, besseren Umweltschutz, wirtschaftliche Effizienz zu schätzen wissen. Immerhin bezeichnen sich fünfundzwanzig Prozent der Ostdeutschen als Gewinner der Einheit.

Völlig verändert haben sich neben vielem anderen auch das Bildungssystem, das Rechtswesen, die Gepflogenheiten in Ämtern und Behörden, die Strukturen der Sozialversicherung. Und ein wenig sogar die Sprache. Wer Zwei-Raum-Wohnung, Plastetüte oder Kaufhalle sagt, wird sofort als unverbesserlicher Ossi erkannt und muß mit der mitleidigen Herablassung derer rechnen, denen nur Plastiktüte, Zwei-Zimmer-Wohnung und Supermarkt als gepflegtes Deutsch gelten. Jetzt will man uns auch noch einreden, daß unsere gute alte Straßenbahn korrekt »Tram« heißt. Für eingefleischte Berliner ist das eine Zumutung, zumindest für die im Ostteil der Stadt. Die Westberliner haben ihre Straßenbahnen schon vor Jahrzehnten abgeschafft und inzwischen offenbar auch ihren Namen vergessen.

Aus den Geschäften sind die bewährten alten Ost-Produkte verschwunden, und wenn das eine oder andere in den Regalen wieder auftaucht, wird es mit sentimentaler Rührung oder großem Hallo begrüßt. Man probiert die Fülle des überwältigenden Angebots und stellt fest, daß mitunter sogar die Geschmacksnerven irritiert auf die Wende reagieren. Der Vanillepudding, zum Beispiel, schmeckt irgendwie anders als früher. Man sucht und sucht und findet das liebgewordene Aroma bei keinem der vielen neuen Produkte wieder. Gewiß, das unvergleichlich größere und buntere Warensortiment wird von den Ostdeutschen als eine wesentliche Verbesserung geschätzt. Trotzdem möchten sie auf den gewohnten Rotplombe-Pudding, auf die Döbelner Salami oder auf die Erdbeeren aus Werder nicht gern verzichten. Warum sollten sie auch, solange die Herstellerbetriebe noch existieren und verzweifelt versuchen, auf dem Markt wieder Fuß zu fassen?

Die vielen neuen und wenigen alten Waren werden auch nicht mehr im »Konsum« um die Ecke angeboten, in dem es immer ein bißchen muffig roch und doch irgendwie heimelig war. In »meinen« Lebensmittelladen ist schon vor Jahren ein Sexshop eingezogen. Landbewohner, die früher bei Riekchen Lehmann im Dorfkonsum einkauften, fahren jetzt im Auto kilometerweit zu den imposanten Konsumtempeln auf der grünen Wiese; mit der unbekannten Frau an der Kasse wechseln sie kein persönliches Wort. Wir haben ja nun alle ein Auto. Und die paar Leute, die immer noch keins haben, müssen sehen, wo sie einkaufen, seit es die kleinen Läden nicht mehr gibt. Auch der Kneipier hat längst pleite gemacht, in den Dorfkrug ist ein Restaurant mit exotischem Namen gezogen, wo man zur Silberhochzeit fein essen geht, aber nicht mehr jeden Donnerstag zum gemütlichen Stammtisch.

Das glitzernde Neue, mit großer Ungeduld herbeigewünscht, macht viele Menschen nicht so glücklich, wie sie sich das einst ausmalten. Es ist zu plötzlich gekommen, geht mit dem Verlust des früher geringgeschätzten Vertrauten einher und stiftet Orientierungslosigkeit im Alltag.

Besonders große Unsicherheit rührt daher, daß man bei Strafe einer möglichen Katastrophe kein Stück Papier mehr unterschreiben darf, ohne vorher das berühmte »Kleingedruckte« zu studieren, vor dessen geschraubtem Kauderwelsch man schließlich doch kapituliert. Der »durchschnittliche« Bürger der DDR hatte seinerzeit den grundsätzlichen

Betrug von Staat und Partei durchschaut; im täglichen Leben aber war er eher gutgläubig als argwöhnisch, denn vor Alltagskriminalität, Machenschaften am Rande der Legalität, Überrumpelung oder listiger Übervorteilung durfte er sich recht gut geschützt fühlen. Jetzt ist das Gegenteil der Fall: Vorsicht und Mißtrauen sind geboten, wann immer es um Bestellungen, Verträge, Versicherungen, Geldgeschäfte und ähnliches geht. Dubiose Anlage- und Versicherungsfirmen bedienten sich vor allem in der ersten Zeit nach der Vereinigung ahnungsloser Neu-Bundesbürger, die als schnell angelernte Vertreter sogar Freunden und Verwandten das sauer ersparte Geld auf Nimmerwiedersehen aus der Tasche zogen. Selbst den so seriös wirkenden Kundenberatern großer Banken darf man nicht ohne weiteres über den Weg trauen, wie man immer wieder hört und liest.

Wenn sogar gewiefte Westdeutsche auf raffinierte Betrüger und windige Burschen hereinfallen, wie sehr müssen da erst die Leute im Osten auf der Hut sein. Und daß man als Geschädigter durch das Gesetz nicht in jedem Fall geschützt ist, haben schon zu viele erfahren. Bauernfänger wissen ihre Schlupflöcher zu finden. Daß ihnen dabei sogar Anwälte – Juristen also, die doch dem Recht verpflichtet sein sollen – Beistand leisten, ist für Ostdeutsche besonders schwer zu begreifen. Fassungslos stehen sie manchmal vor der Erkenntnis, daß Recht und Gerechtigkeit keineswegs identisch sind.

Steter Argwohn aber macht die Abstände von Mensch zu Mensch größer, die Welt kälter und das Leben schwerer.

*

»So haben wir uns das nicht vorgestellt«, höre ich heute oft.

Dabei hätten wir doch alle Bescheid wissen müssen über die Härten der Leistungsgesellschaft, über soziale Unsicherheit, Armut, Arbeits- und Obdachlosigkeit, Lehrstellenmangel und über die im Westen weiter als im Osten verbreitete Ansicht, jeder sei sich selbst der Nächste. Wir waren doch stets neugierig auf das Leben hinter der scheinbar unüberwindlichen Grenze, viel neugieriger als die Westdeutschen auf uns. Deren Welt war so viel weiter und bunter als unsere, sie konnten ihr Interesse auf viele Dinge richten, die uns nicht zugänglich waren, von denen wir womöglich nicht einmal etwas wußten. Rundfunk und Fernsehen der Bundesrepublik drangen weit in die DDR hinein, wurden von den meisten ganz selbstverständlich gehört und gesehen. Doch viele, auch unter denjenigen, die hin und wieder zu Verwandtenbesuchen in den Westen reisen durften, wollten nur die Schokoladenseite sehen, den Wohlstand und die Freizügigkeit. Die Schatten wurden ignoriert, übersehen, verdrängt, gewiß auch aus Trotz gegen die Propaganda in den Medien der DDR, die uns den »Verwesungsgeruch des Kapitalismus« bis zum Überdruß unter die Nase rieben.

Im Oktober 1990 wurden Freudenfeste gefeiert, doch bald setzte Ernüchterung ein. Vorher wollten es viele einfach nicht zur Kenntnis nehmen, jetzt wurden alle mit der Nase drauf gestoßen: Die Selbstbehauptung in diesem neuen Leben verlangt, anders als früher, nie erlahmende Durchsetzungskraft. Das ist anstrengend, oft zermürbend. Viele bringen die nötige Energie nicht auf, sie kapitulieren oder treten gar nicht erst an, weil sie von vornherein das Gefühl haben, es sowieso nicht zu schaffen. Manche weigern sich auch einfach, ihre Ellenbogen gegen andere einzusetzen.

Eine Umfrage der »Leipziger Volkszeitung« zeigt, daß die Unzufriedenheit der Ostdeutschen mit ihrer derzeitigen Situation nicht abnimmt, sondern weiter wächst: Im Oktober 1994 beurteilten sechzig Prozent der Befragten die Verhältnisse als überwiegend positiv, Ende 1995 nur noch dreiundfünfzig Prozent. Fünf statt vorher drei Prozent lehnten die Gesellschaft, in der sie nun leben, rundweg ab. Und nur jeder zwanzigste Neu-Bundesbürger – im Herbst 1994 noch jeder achte – hatte an der Bundesrepublik gar nichts auszusetzen. Diese letzte Aussage ist vielleicht die erfreulichste. Denn in einem Paradies leben wir wahrhaftig nicht, und daß Mängel bemerkt werden, ist die erste Voraussetzung zu ihrer Beseitigung.

Hier ein paar weitere Zahlen. Eine Emnid-Umfrage für den »Spiegel« vergleicht von April bis Juni 1995 gewonnene Ergebnisse mit entsprechenden Daten von 1990. Danach sagen heute siebenundachtzig Prozent der befragten Ostdeutschen, in der DDR sei die Gleichberechtigung der Frau stärker entwickelt gewesen als in der Bundesrepublik, fünf Jahre zuvor waren immerhin schon siebenundsechzig Prozent dieser Meinung. Achtundachtzig Prozent fühlten sich in der DDR besser vor Kriminalität geschützt (1990: zweiundsechzig Prozent). Die soziale Sicherheit in der DDR bewerteten zweiundneunzig Prozent als größer (1990: fünfundsechzig Prozent). Das frühere Schulsystem erschien vierundsechzig Prozent (1990: achtundzwanzig Prozent) als besser, von der Berufsausbildung meinen das siebzig Prozent (1990: dreiunddreißig Prozent). Dem früheren Gesundheitswesen würden heute siebenundfünfzig Prozent der Befragten den Vorzug geben (1990: achtzehn Prozent), der Versorgung mit Wohnraum in der DDR dreiundfünfzig Prozent (1990: siebenundzwanzig Prozent).

In diesem Vergleich dominierte also die DDR 1990 in drei der für den Alltag wichtigen sozialen Bereiche, 1995 schon in allen sieben, wenn auch nicht im gleichen Maße. Solche Zahlen kann man nicht einfach mit einem Achselzucken zur Kenntnis nehmen und vom Tisch wischen.

Ich bestreite nicht, daß auch Trotz und eine gewisse Nostalgie die Antworten beeinflußt haben mögen. Davon zeugt, zum Beispiel, noch einmal die Umfrage der »Leipziger Volkszeitung«: Im Oktober 1995 sagten achtundzwanzig Prozent der Befragten – vier Prozent mehr als ein Jahr zuvor –, daß sie sich eher widerwillig in die neue Gesellschaft gefügt hätten. Das läßt sich natürlich nur mit nachträglicher Verklärung oder Verdrängung erklären; die Leute projizieren ihre derzeitigen Gefühle auf ihre Vergangenheit.

Doch hinter den Umfrageergebnissen stecken nicht in erster Linie schnöde Undankbarkeit oder pure Nörgelei, sondern handfeste Realitäten. Die Emnid-Statistik von 1990 spiegelt zu großen Teilen noch die Erwartungen und Ansprüche der Menschen an die neue Gesellschaftsordnung wider, in die sie gerade hineingeraten waren, die Umfrage von 1995 aber die mit Händen zu greifenden Erfahrungen, die sie mit dieser Ordnung inzwischen gemacht haben.

Jetzt bemerken die Leute, daß früher manches gar nicht so schlecht geregelt war, sondern einfach, praktisch, vernünftig, und sie fragen: Warum kann das heute nicht genauso gemacht werden? Weil es seinerzeit so war, muß es jetzt um jeden Preis anders sein? Vergibt sich »der Westen« – wen immer wir damit meinen, wenn wir uns ärgern, die Politiker in Bonn, die Behörden, die Krankenkassen, den neuen Chef – etwas, wenn er anerkennt, daß auch in der DDR, wenn es um Fragen des täglichen Lebens ging, nicht nur verbohrte

Hohlköpfe am Wirken waren? Bricht ihm ein Zacken aus der Krone, wenn er bei längst eingestandenen eigenen Problemen auf sinnvolle Lösungen zurückgreift, die es dort längst gab?

Offenbar spielt eine gewisse »Siegermentalität« tatsächlich eine Rolle. Manches, zum Beispiel zweckmäßige Strukturen im Gesundheitswesen, wurde gegen alle Widerstände zerschlagen, um es wenig später neu zu erfinden. Ich habe Verständnis dafür, daß sich Menschen, denen derartiges widerfährt, nicht ernstgenommen, abqualifiziert, um ihre Lebensleistung betrogen fühlen, daß sie die Welt nicht mehr verstehen. Manche verzweifeln, resignieren, ziehen sich in den Schmollwinkel zurück. Es gibt aber auch andere, die nicht lockerlassen. Warum soll sich denn jemand, der sich früher gegen Dummheit zur Wehr gesetzt hat, jetzt jede Dummheit gefallen lassen? Ich gehöre zum zähen Typ, ich habe die Polikliniken, die Diabetiker-Kinderferienlager, die Betreuungszentren für chronisch Kranke mit Zähnen und Klauen verteidigt. Mit mäßigen, hart errungenen, aber wichtigen Erfolgen. Solche widersinnigen Kämpfe kosten ungeheuer viel Kraft, von der man anderswo sinnvolleren Gebrauch machen könnte.

Wenn früher Freunde und Verwandte aus dem Westen zu Besuch kamen und auch mal ein gutes Wort über die DDR fallenließen, reagierten wir gereizt. Berufstätigkeit der Frau – die hielten wir einerseits für selbstverständlich, andererseits kannten wir die doppelte und dreifache Belastung der Frauen durch Beruf, Familie und Haushalt. Gute Kinderbetreuung – na, das war ja wohl das mindeste. Weil uns das »Neue Deutschland« und die »Aktuelle Kamera« eben solche »sozialistischen Errungenschaften« unablässig priesen, wollten wir davon nichts hören. Wir wußten verschiedene Vorzüge nicht zu schätzen, weil wir mit so vielem anderen unzufrieden waren.

Nehmen wir einmal das Bildungssystem der DDR. Die Struktur war leicht überschaubar - von der ersten bis zur zehnten Klasse gab es die polytechnische Oberschule für jeden, danach die erweiterte Oberschule, die zum Abitur führte. Alle Kinder und Jugendlichen hatten - abhängig von ihren Fähigkeiten und Begabungen - gleiche Chancen, Bildung zu erwerben. Natürlich nur theoretisch; praktisch war es so, daß nicht unbedingt die Besten und Begabtesten zur erweiterten Oberschule zugelassen wurden, sondern daß zuerst einmal die Jugendlichen mit der »richtigen« Herkunft aus Arbeiter- und Bauernfamilien und dem linientreuen politischen Bekenntnis ausgewählt wurden, wenn ihre Leistungen einigermaßen ausreichten. Ob es sich um ein ehrliches oder ein geheucheltes Bekenntnis handelte, spielte, nebenbei gesagt, eine untergeordnete Rolle - es mußte nur bei passender Gelegenheit überzeugend vorgetragen werden. Wer diese Voraussetzungen nicht erfüllen konnte oder wollte, mußte stärker kämpfen als die anderen, und oft genug endete dieser Kampf mit einer Niederlage.

Nicht anders war es bei der Zulassung zum Studium. Wer, zum Beispiel, nicht der FDJ angehörte, durfte sich keine großen Hoffnungen auf einen Studienplatz machen. Ich kann mich lebhaft an die Gefechte erinnern, die ich - mit meinen streitbaren Eltern zur Seite - austrug, ehe ich zur erweiterten Oberschule und zum Biologiestudium zugelassen wurde. Denn ich gehörte zur Jungen Gemeinde der evangelischen Kirche statt zu den Jungen Pionieren und der FDJ.

»Da haben wir's«, höre ich jetzt, »und was soll daran gut gewesen sein?«

Gut war der Gedanke, der diesem Schulmodell zugrunde lag und sogar öffentlich als Anspruch des »sozialistischen Bildungssystems« verkündet wurde: daß jedem Kind über zehn, zwölf Jahre hinweg gleiche Chancen eingeräumt werden, sich zu bilden und seine Persönlichkeit zu entwickeln; daß nur seine Fähigkeiten und Begabungen, sein Fleiß und seine Ambitionen darüber bestimmen, welchen Weg es einmal einschlägt; daß diese Entscheidung nicht zu früh gefällt werden muß.

Daß dieses demokratische Prinzip in der DDR durch politische und ideologische Prioritäten ins Gegenteil verkehrt, daß gerade die Entwicklung eigenwilliger Persönlichkeiten beargwöhnt wurde, spricht nicht gegen das Prinzip, sondern gegen die Politik, gegen die Ideologie, gegen den Staat, der seinen eigenen Anspruch verriet, noch dazu mit der selbstherrlichen Anmaßung, dies alles geschehe zum Besten seiner Bürger.

Die polytechnische Oberschule in der DDR wäre unter heutigen Bedingungen am ehesten mit der Gesamtschule zu vergleichen. Wenn sie gut durchdacht, organisiert und geführt ist, eine Schule so recht nach meinem Herzen: Integration statt Spaltung und trotzdem differenzierte Förderung besonderer Begabungen. Ich finde es fatal, daß schon in der vierten Klasse die Entscheidung über den weiteren Weg eines Kindes gefällt werden muß. Eine so frühe Entscheidung geht natürlich maßgeblich von den Eltern aus.

Mit zehn, zwölf Jahren schon beginnt die Trennung der Kinder, für die bis dahin zumindest im Schulunterricht das Prinzip der Gleichheit galt. Die »Besten« kommen aufs

Gymnasium, die anderen in die Real- oder Hauptschule. Wäre ich Zynikerin, würde ich sagen: die Guten ins Töpfchen, die Schlechten ins Kröpfchen. Auf den Gymnasien sammelt sich eine »Elite«, in den Hauptschulen der »Rest«. So früh schon werden verschiedene »Klassen« von Kindern geschaffen, es tut sich ein Spalt auf, der mit den Jahren zur Kluft wird, die sich durch die ganze Gesellschaft zieht. Wie schwer oder gar unmöglich ist es für den einzelnen, sich später aus dem »Kröpfchen« wieder herauszustrampeln!

Eltern, die darauf bestehen, ihr Kind aufs Gymnasium zu schicken, denken in erster Linie an das Wohl des eigenen Nachwuchses. Viele fürchten, daß ihre Tochter, ihr Sohn an einer Gesamtschule auf ein durchschnittliches, niederes Niveau hinuntergezogen werden könnten. Wer aber auch auf das Gemeinwohl bedacht ist, müßte Wert darauf legen, daß nicht schon in der Schulzeit Unterschiede entstehen, die später nicht mehr überbrückt werden können, sondern daß Kinder, die auf Grund ihrer Begabung oder wegen besserer materieller Verhältnisse der Familie im Vorteil sind, ein wenig zurückzustecken und andere mitzuziehen lernen. So könnten in der Schule nicht nur Grammatik und mathematische Formeln erlernt und geübt werden, sondern auch moralische Werte und soziales Verhalten. Ganz abgesehen davon, daß »Problemkinder«, die im allgemeinen in Hauptschulen überdurchschnittlich stark vertreten sind, in eine intakte Klasse gut integriert werden können. In großer Ansammlung aber bringen sie nicht nur Lehrer und Eltern zur Verzweiflung, sondern bereiten der ganzen Gesellschaft Schwierigkeiten, und zwar oft weit über die Schulzeit hinaus. Die Kinder der Benachteiligten sind häufig wieder benachteiligt, krasse soziale Unterschiede setzen sich von Generation zu Generation fort – eine unheilvolle Kette.

Natürlich muß eine Gesamtschule so eingerichtet sein, daß nicht nur die Schwächeren mitgezogen, sondern auch die Leistungsstarken gefördert werden. Kurz, sie muß alle ihre Vorteile unter Beweis stellen, und das tut sie bisher oftmals nicht überzeugend genug. Hier sind Ideen und Konzeptionen aller Verantwortlichen und Beteiligten, auch der Politiker, gefragt.

Ich weiß sehr gut, wie stark sich das eigene Wohl vor dem Gemeinwohl behauptet, und gewiß soll man aus den vierundsechzig Prozent der Ostdeutschen, die jetzt dem früheren Schulsystem den Vorzug geben würden, nicht zuviel herauslesen; das gilt auch für die anderen Zahlen. Insgesamt aber scheinen sie mir eines deutlich zu machen: Die Menschen im Osten haben neue Erfahrungen gewonnen, die ihnen manches aus ihrer Vergangenheit jetzt in anderem Licht erscheinen lassen. Sie haben zwei grundsätzlich verschiedene Gesellschaftssysteme von innen heraus kennengelernt und ziehen nun ihre Vergleiche. Sie haben auch vor 1990 schon gelebt, sie wollen dieses Leben nicht aus ihrem Gedächtnis streichen, sie wollen ihrer Lebenserfahrung trauen. Das heißt mitunter auch, an Dingen festzuhalten, die sich – wenn das oft auch erst im nachhinein erkannt wird – ihrer Meinung nach als besser und gerechter erwiesen haben und auf denen sie nun, mit der Zeit immer selbstbewußter, bestehen.

Die Frage, ob der Sozialismus im Prinzip richtig sei, beantworteten in der Emnid-Untersuchung von 1995 neunundsiebzig Prozent der befragten Ostdeutschen mit ja. Ein erstaunliches Ergebnis angesichts dessen, daß sie es wenige Jahre zuvor aus guten Gründen sehr eilig hatten, das abzuschaffen, was sich als Sozialismus bezeichnen lassen mußte. Offensichtlich sind sie der Meinung, er müßte von anderer Art sein als der, mit dem sie früher so unzufrieden waren. Was immer sich der einzelne unter dem »richtigen« Sozialismus vorstellt – soziale Sicherheit und Gerechtigkeit spielen in diesen Vorstellungen eine überragende Rolle. Oft in idealisierter Form, gewiß – aber ich halte viel von Idealen.

Obwohl ich das Wort »Sozialismus« mit gemischten Gefühlen höre, ist der Begriff, unter dem solche Ideale zusammengefaßt werden, für mich doch zweitrangig. Vor einiger Zeit erläuterte die schleswig-holsteinische Ministerpräsidentin Heide Simonis im Fernsehen ihre mir sehr nahen Vorstellungen von einer sozial gerechten Gesellschaft. »Aber was Sie da beschreiben«, sagte ihr Gesprächspartner Günter Gaus, »das ist ja Sozialismus.« »Wenn das Sozialismus ist«, antwortete sie, »dann bin ich für Sozialismus.«

*

Ich gehe davon aus, daß die meisten Ostdeutschen, wenn sie Gerechtigkeit und Sicherheit sagen, nicht nur das eigene Wohl, sondern auch das von anderen meinen. Die allgemein vorherrschende Vorstellung von sozialer Gerechtigkeit ist, so glaube ich, in der Uckermark oder im Thüringer Wald eine andere als in der Pfalz oder in der Lüneburger Heide.

Im Osten hängt man vielfach noch dem Ideal einer gewissen Gleichheit an. In der DDR besaßen zwar manche mehr und lebten angenehm, manche besaßen weniger und mußten schon damals jeden Pfennig umdrehen, aber es klafften keine so ungeheuren Unterschiede zwischen Arm und Reich. Obwohl es, wie jeder weiß, auch Privilegierte und Benachteiligte gab, war der knappe Wohnraum, zum Beispiel, im großen und ganzen gerecht verteilt. Hochschulprofessor und Hilfsarbeiter wohnten im gleichen Haus, der Abteilungsleiter eines Großbetriebs wunderte sich nicht, im Fahrstuhl seines Neubaublocks den Pförtner zu treffen, an dem er jeden Morgen freundlich grüßend vorbeiging – er akzeptierte ihn selbstverständlich als Nachbarn.

Standesdünkel war auch unter Kollegen kaum ausgeprägt. Fünfzehn Jahre lang arbeitete ich als Biologin in einem Berliner Pharmaziebetrieb. Es wäre mir im Traum nicht eingefallen, mich als »Frau Doktor« von den anderen abzugrenzen; alle, wie wir da waren – die Abteilungsleiterin, die Chemieingenieurin, die medizinisch-technische Assistentin, die Laborhilfe und die Reinigungskraft (»Putzfrau« heißt es heute wieder) – hatten ein kollegiales, oft freundschaftliches Verhältnis zueinander, das in vielen Fällen nicht auf die Arbeitszeit beschränkt blieb. Es »menschelte« bei uns, das war in den Arbeitskollektiven allgemein üblich, und niemand hat uns dazu gezwungen, hilfsbereit und freundlich miteinander umzugehen.

Das ändert sich jetzt langsam, auch im Osten entfernen sich die Erfolgreichen Schritt für Schritt von den Benachteiligten, räumlich und mental. Im Arbeitsleben wird das Auseinanderrücken natürlich noch dadurch begünstigt, daß viele Betriebe geschlossen und die Mitarbeiter in alle Winde verstreut wurden. Mit neuen Kollegen, in denen man nun auch Konkurrenten sehen muß, stellt sich das alte Vertrauen kaum noch her.

Wer es »geschafft« hat, mag davon überzeugt sein, seinen Wohlstand durch Tüchtigkeit verdient zu haben – er hütet sich aber vorläufig, die anderen zu Versagern herabzuwürdigen. Er vergißt nicht so schnell, daß Erfolg nicht nur eigenen Qualitäten zu danken ist, sondern daß auch die Chance dazugehört, seine Qualitäten unter Beweis stellen zu können. Und die bekommt heutzutage nicht jeder. Schmal ist oft der Grat, auf dem der Erfolgreiche wandert. Wer von Arbeitslosigkeit umgeben ist, wird stets daran erinnert, wie leicht er wieder abstürzen kann. Die Warnung vor dem Hochmut, der vor dem Fall kommt, wird aus dem Wissen und dem Gefühl heraus beherzigt, daß Glück eben nicht gleichmäßig und gerecht verteilt ist und daß andere es ebenso verdient hätten. Das selbstzufriedene »Pech gehabt, mein Lieber!« gegenüber einem, der schlechter weggekommen ist, hört man im Osten selten.

In meinem brandenburgischen Wahlkreis Elbe-Elster kenne ich eine Familie mit fünf Kindern. Die Mutter verlor gleich nach der Wende ihre Arbeit. Statt die Hände in den Schoß zu legen und zu jammern, sagte sie sich, zupackend wie Frauen oft sind: »Du kannst nicht arbeitslos zu Hause sitzen. Laß dir was einfallen.« Sie entschloß sich zu dem mutigen Schritt in die Selbständigkeit. Da die Familie auf dem Land lebt und ein Haus als Sicherheit vorhanden war, bekam die Frau von der Bank einen Kredit. Für fünfunddreißigtausend Mark kaufte sie einen Imbißwagen, für fünfzehntausend Mark Waren. Schon bald merkte sie, daß das Geschäft nicht lief. Viele Menschen sind in solchen Situationen, denen sie sich nicht gewachsen fühlen, wie gelähmt und stecken den Kopf in den Sand, diese Frau aber wartete nicht lange, sondern meldete das Gewerbe geistesgegenwärtig wieder ab. Doch die Katastrophe ließ sich schon nicht mehr aufhalten. Der teure Imbißwagen steht nun auf dem Hof herum, und niemand will ihn haben. Die Bank aber verlangt ihr Geld zurück, und zwar, wie sich jeder denken kann, nicht fünfzigtausend Mark, sondern inzwischen achtzigtausend – bei den Zinsen wird erbarmungslos zugelangt. Die Frau bekam als Selbständige nicht einmal mehr Arbeitslosengeld. Zunächst stand wenigstens ihr Mann noch in Lohn und Brot, doch dann verlor auch er seine Arbeit.

Jetzt haben beide eine ABM-Stelle und bringen zumindest ein bißchen Geld für die siebenköpfige Familie nach Hause. Doch der Schuldenberg wächst unaufhörlich. Das knappe Budget reicht gerade für das Nötigste, nicht aber, um die Zinsen zu bezahlen, geschweige denn, um den Kredit abzutragen. Die Bank will das Haus zwangsversteigern, nur mit knapper Not konnte vorläufig ein Aufschub erwirkt werden.

Wie es weitergehen soll, weiß niemand so recht. Wenn die Familie das Dach über dem Kopf verliert, sind wieder sieben Menschen mehr ins Abseits gedrängt. Wie es um die Zukunftsaussichten obdachloser Kinder steht, kann sich jeder an fünf Fingern abzählen. Und der Staat, dem es auch an allen Ecken und Enden an Geld fehlt, muß obendrein die Kosten für das Obdachlosenasyl tragen, statt mit seinen bemessenen Mitteln solchen Notfällen vorzubeugen.

Viele Westdeutsche zucken angesichts solcher Fälle die Schultern und sagen: »So ist das nun mal. Leichtfertigkeit wird bestraft. Das ist nur recht und billig.«

Ostdeutschen aber stehen, wenn sie von solchem Unglück erfahren, vor Entsetzen die Haare zu Berge. Gewiß, die Frau hat vorschnell und unklug gehandelt. Außer ihrer Unbesonnenheit und Arglosigkeit aber hat sie sich nichts zuschulden kommen lassen. Im Gegenteil, sie wollte in einer schwierigen Lage die Ärmel hochkrempeln und ihr Schicksal in die eigenen Hände nehmen, wie es von den Neu-Bundesbürgern tagtäglich gefordert wird. Daß man mit seinem guten Willen und seiner Tatkraft so tief ins Unglück stürzen kann, empfinden sie als ungerecht. Müßte denn nicht eigentlich - so fragen sie sich im stillen, denn die Antwort des Gesetzgebers kennen sie natürlich - die Bank bestraft werden, die um guter Geschäfte willen ihre gutgläubigen und unerfahrenen Kunden schlecht oder gar nicht berät?

Statt der Arroganz der Macht, die sie früher erlebten, sehen sich die Ostdeutschen nun der Arroganz und der Macht des Geldes gegenüber, und sie fühlen sich dabei so hilflos wie eh und je. Geld hat nicht einmal Gesicht und Ohren, man kann ihm nicht die Meinung »geigen«. Auch als Politikerin blieb mir diese Erfahrung nicht erspart. Geld ist leblos und kalt, doch mitunter drängt sich der Eindruck auf, es werde höher geschätzt und besser geschützt als der schutzbedürftige Mensch. Eigentum ist ein Goldenes Kalb in der Gesellschaft, zu der wir jetzt gehören.

Ich gestehe, daß auch mein Gerechtigkeitssinn rebelliert, wenn einerseits Menschen durch Leichtfertigkeit, mangelnde Lebenstüchtigkeit, unglückliche Umstände - manchmal ganz ohne eigene Schuld und vielleicht schon von Kindheit an - in Not geraten und andererseits eine Minderheit, wie ich meine unverdient, zu immer größerem Reichtum kommt.

Deshalb finde ich die FDP-Losung »Leistung soll sich lohnen« erschreckend, ist sie doch nichts anderes als eine beschönigende Umschreibung des Spruchs »Jeder ist sich selbst der Nächste«. Sie meint im Grunde nichts anderes, als daß die ohnehin Starken noch größere Vorteile für sich beanspruchen sollen. An die Schwachen wird kaum noch ein Gedanke verschwendet.

Ich bin nicht davon überrascht worden, daß Konkurrenz und Egoismus die Prinzipien sind, nach denen der Kapitalismus funktioniert, daraus hat ja niemand jemals ein Hehl gemacht. Daß die Leistungsgesellschaft (die man vielleicht eher Erfolgsgesellschaft nennen sollte, denn nicht die Anstrengungen, die einer unternimmt, zählen, nicht die Arbeit, nicht die Mühe, sondern nur das glänzende Ergebnis, egal, ob es Schweiß gekostet hat oder nicht) keine karitative Einrichtung ist, wußte ich schon vor der Wende. Ich meine aber, daß sich eine derart egoistisch denkende und handelnde Gesellschaft in die falsche Richtung bewegt und letztlich ins eigene Fleisch schneidet. Als Optimistin bin ich davon überzeugt, daß dieser verhängnisvolle Holzweg keine Einbahnstraße sein muß, sondern daß es Möglichkeiten zur bitternötigen Umkehr gibt.

Zwei Begriffe sind es, die ich zunehmend genauer unter die Lupe nehme: Freiheit und Gleichheit. Ich erlebe mit Besorgnis, welch übermäßige Betonung in der Bundesrepublik auf das Wort Freiheit gelegt wird. Die französische Revolution, immerhin eine bürgerliche Bewegung, hat die Forderung nach »Freiheit, Gleichheit, Brüderlichkeit« als eine Einheit betrachtet. Doch für Gleichheit, Brüderlichkeit und Schwesterlichkeit geben heutzutage viele keinen roten Heller mehr, obwohl doch damit nicht Unterschiedslosigkeit und Gleichmacherei gemeint sind, sondern sozial verträgliche Ausgeglichenheit, Rücksichtnahme und Verantwortung. Das Wort Freiheit hat vielleicht noch in Sonntagsreden einen hehren Klang, im Alltag aber wird darunter nur allzuoft nichts anderes als persönliche Ellenbogenfreiheit und das Recht auf Rücksichtslosigkeit verstanden.

Die individuelle Freiheit, zu tun, was einem selbst am besten bekommt, und zu lassen, was einem Beschränkungen auferlegt, hat für meine Begriffe eine Wertschätzung erlangt, die der Gesellschaft schadet. Der Eigennutz rangiert weit vor dem Gemeinwohl. Dieser Vorsprung wird immer größer, und das halte ich für unheilvoll.

Selbst der größte Egoist kann nicht die Regel außer Kraft setzen, daß in einer Gesellschaft die Menschen miteinander leben und auskommen müssen. Im eigenen Interesse sollte er Bedingungen für notwendig halten, die eine gedeihliche Existenz jedes einzelnen und ein gutes Miteinander aller Mitglieder der Gesellschaft ermöglichen. Die Väter des Sozialstaates haben seinerzeit erkannt, daß nur so der soziale Frieden gesichert werden kann. Umgeben von Armut und Obdachlosigkeit, bedroht von alltäglicher Kriminalität, ist auch die Lebensqualität der Wohlhabenden eingeschränkt. Und die Armen begehren spätestens dann auf, wenn ihr Leben unerträglich wird. Massenhafte Unzufriedenheit oder gar Not müssen zu Erschütterungen führen, die den Satten, Selbstzufriedenen und Rücksichtslosen nicht bekommen dürften. Und das Faß könnte schneller überlaufen, als mancher für möglich hält.

Vor geraumer Zeit haben die Sozialexperten geglaubt, die Unterschiede zwischen Arm und Reich in der Welt müßten im allgemeinen, globalen Interesse verringert werden und sich auch tatsächlich verringern lassen. Statt dessen aber ist die Kluft immer größer geworden. Innerhalb von zwanzig Jahren wuchs sie auf das Doppelte. Die Reichen dieser Erde sind heute sechzigmal so »wohlhabend« wie die Armen. Ich setze die Anführungsstriche, weil das Wort »wohlhabend« für den Reichtum der einen stark untertrieben ist, und weil es, auf die Situation der Ärmsten angewandt, zynisch klingt.

Auch in der Bundesrepublik war einst Wohlstand für jeden das angestrebte gesellschaftliche Ziel. Doch hat sich auch hier nicht die ausgewogene Verteilungsgerechtigkeit durchgesetzt, sondern das Gegenteil. Auch hier werden die Reichen reicher und die Armen ärmer. Die unübersehbare Finanzmisere täuscht oberflächliche Betrachter leicht über einen wichtigen Punkt hinweg: Die Bundesrepublik ist ein reiches Land, sie wird keineswegs immer weniger vermögend, wie man vorschnell meinen könnte. Im Gegenteil, das gesamte Vermögen wächst und wächst, allerdings nicht in den öffentlichen Kassen und nicht in den Taschen der »kleinen Leute«. Die Politik hat viele Jahre lang versäumt, sinnvolle Rahmenbedingungen zu schaffen, die der Tendenz entgegenwirken, daß sich einerseits immer mehr Reichtum in wenigen Händen konzentriert und daß andererseits die Zahl der Armen beständig steigt. Schon längst ist kein Verlaß mehr auf die Stabilität der Zweidrittelgesellschaft, in der sich die Bundesrepublik so komfortabel eingerichtet hatte. Aus dem benachteiligten Drittel könnte schnell die benachteiligte Hälfte werden, und manch einer könnte dazugehören, ehe er sich's versieht.

Auf dem Mannheimer SPD-Parteitag 1995 wurden in den Pausen auch weit zurückliegende, amüsante Geschichten erzählt. Zum Beispiel die von einem hitzköpfigen Juso-Mitglied – inzwischen eine bekannte, immer noch sehr streitbare Politikerin –, das vor langen Jahren auf einem Parteitag an gleicher Stelle die Forderung erhoben hatte, kein monatliches Einkommen in der Bundesrepublik dürfe über fünftausend Mark liegen. Auch ich habe über die alte Geschichte gelacht. Aber wenn ich in einer ruhigen Minute in mich gehe und mir die Sache so recht überlege, muß ich zugeben, daß ich mit einer solchen Idee durchaus sympathisiere: eine Obergrenze für private Einkünfte ... Um allen Mißverständnissen und Protesten vorzubeugen: Ich erlaube mir diese ganz private

Sympathie als Bürgerin Regine Hildebrandt, die als Ministerin realistisch genug ist, aus einer schönen Utopie kein politisches Programm machen zu wollen. Aber vernünftig und gerecht fände ich es doch.

Immer häufiger, eigentlich schon permanent, wird über die leeren Geldbeutel des Bundes, der Länder und Gemeinden geklagt. Und die Wirtschaft rauft sich die Haare über die angeblich verheerend hohen Lohnnebenkosten – vor allem über die Arbeitgeberanteile an der Kranken-, Renten- und Arbeitslosenversicherung. Gewisse Schlaumeier, nämlich die, die sich selbst die Nächsten sind, haben einen Grund für die Misere entdeckt: den Mißbrauch von Sozialleistungen, der die Kassen leert und die Beiträge in die Höhe treibt. Natürlich gibt es Menschen, die Arbeitslosengeld einstreichen und nebenbei schwarzarbeiten, die Sozialhilfe beziehen und den Ämtern ihre Ersparnisse verheimlichen – und ich gehöre nicht zu denen, die das als Lappalie abtun. Von ihnen aber rühren die wesentlichen Schwierigkeiten nicht her. Indem solche Fälle aufgebauscht werden, verdeckt man das eigentliche Problem: daß nämlich die Lasten sehr ungleich verteilt sind, daß die Benachteiligten am schwersten daran zu tragen haben, und daß die großen Absahner und Betrüger ganz andere sind. Die Beträge, die sich ein Sozialhilfeempfänger erschleichen kann – das muß wohl auch der strengste Moralprediger zugeben – sind geradezu lächerlich gegen die Summen, die man sich in den »besseren Kreisen« illegal in die Taschen wirtschaftet.

Sehr viel Geld könnte in die Kassen fließen, wenn man es sich da holte, wo es wirklich ist: bei Personen und Unternehmen, die überdurchschnittlich viel verdienen, bei denen, die womöglich von ihren Zinsen leben können, für die es sich lohnt, mit Hilfe teurer Advokaten gesetzwidrig Steuern zu hinterziehen. Gerade in letzter Zeit haben prominente Steuerhinterzieher, von den Behörden jahrelang mit Samthandschuhen angefaßt, viel Staub aufgewirbelt. Es ist sonderbar: Obwohl längst allgemein zugegeben wird, daß dem Staat jährlich bis zu hundert Milliarden Mark an Steuern aus großen Privatvermögen vorenthalten werden, spricht man darüber fast nur hinter vorgehaltener Hand.

Auch die Methoden vieler Gutbetuchter, sich im Rahmen der Gesetze ihren Verpflichtungen zu entziehen, werden immer ausgeklügelter. Ein Buch »1000 ganz legale Steuertricks« gibt dazu geeignete Hinweise. Hamburgs Bürgermeister Henning Voscherau ließ mit der Feststellung aufhorchen, daß die Hälfte der Einkommensmillionäre seiner Stadt überhaupt keine Steuern mehr zahlten. Zu kritisieren sind freilich nicht nur die, die dargebotene Schlupflöcher nutzen, sondern vor allem jene, die diese Schlupflöcher gesetzlich öffnen.

Die Gepflogenheit, einen Betrüger, der den Staat prellt – zumindest solange er sich nicht erwischen läßt –, clever zu nennen, scheint mir im Osten weit weniger ausgeprägt zu sein als im Westen. Das ist wahrscheinlich schon deshalb so, weil hier noch mehr Benachteiligte leben, die die Leere der öffentlichen Kassen schmerzhaft zu spüren bekommen und also für mehr Verteilungsgerechtigkeit leicht zu erwärmen sind. Sie sind besonders empört, wenn immer wieder gerade das Thema Sozialmißbrauch hochgespielt wird und manchmal sogar alle Empfänger von Sozialleistungen als »Mißbräuchler« über einen Kamm geschoren werden.

Machen wir uns nichts vor: Diese Kampagne wird doch nicht geführt, um tatsächlichem Mißbrauch zu begegnen, sondern um den Sozialstaat überhaupt in Frage zu stellen. Bessergestellte lassen sich leicht zu dem Glauben verführen, ihn entbehren zu können. Die anderen sollen doch sehen, wo sie bleiben. Unter dem Vorwand, den wirklich Bedürftigen helfen zu wollen, versucht man, die sozialen Leistungen zu kürzen und sich Stück für Stück aus der Verantwortung zu stehlen.

Ich weiß natürlich, daß eine Demokratie nur dann eine Demokratie ist, wenn die Bürger nicht gegängelt werden, sondern über ihre Art zu leben, auch über die Art, Geld zu verdienen und auszugeben, frei entscheiden können. Die Politik muß aber dann eingreifen, wenn hemmungslos egoistische Ausnutzung der Freiheiten dem Gemeinwohl schadet. Wer überhaupt nicht hören will, so finde ich, muß fühlen. Ich glaube aber, daß unter dem Druck drohender sozialer Verwerfungen oder schon vorhandener unerträglicher Verhältnisse auch Egoisten hellhörig und einsichtig werden. Und gewisse Politiker, die gar zu gern ein Auge zudrücken, wenn es um die Wahrung und Mehrung von großen Vermögen geht, desgleichen.

Warum sind denn gerade jetzt Unternehmer und regierende Politiker – allerdings auch Gewerkschaften, die manchmal doch zu lange auf ihren Positionen beharren – bereit, über ein »Bündnis für Arbeit« zu verhandeln? Warum wurde erst 1996 das Existenzminimum von Steuern freigestellt? Warum wurde so spät das staatliche Kindergeld erhöht, wo doch schon seit geraumer Zeit jeder weiß, daß Kinderreichtum das Armutsrisiko Nummer eins ist?

*

Die gutgläubigen Ostdeutschen, und ich schließe mich da ein, haben die Begriffe »Sozialstaat« und »soziale Marktwirtschaft«

seinerzeit ein bißchen zu wörtlich genommen. Jetzt bemerken sie, daß manches nicht so gemeint war, wie sie es gern verstehen wollten. Ich glaube aber, daß dieses noch stark ausgeprägte ostdeutsche Verständnis von sozialer Sicherheit und Gerechtigkeit - das eben nicht nur individuelle Freiheit, sondern auch ein notwendiges Maß an Gleichheit meint, das ein verträgliches Verhältnis zwischen persönlichem und Gemeinwohl für notwendig hält - ein Pfund ist, mit dem wir wuchern sollten, damit die Gesellschaft als Ganzes gedeihen kann und der soziale Frieden erhalten bleibt. Wir sollten so frei sein, nicht vorrangig egoistisch, sondern verantwortungsvoll im Sinne der Gemeinschaft zu handeln. Das ist die Freiheit, die ich meine.

Meine Sorgen, deine Sorgen

»Alle Ostdeutschen sind Jammerossis«, sagt der Westler. »Alle Westdeutschen sind Besserwessis«, sagt der Ostler.

»Alle Franzosen sind Windbeutel«, sagt der Spötter Kurt Tucholsky mit Blick auf allzu simple Verallgemeinerungen.

»Ein Vorurteil ist der Versuch, die Tatsachen gegeneinander abzuwägen und dabei den Daumen auf die Waagschale zu legen«, sagt ein unbekannter kluger Kopf.

Zeitgenossen, die es gut meinen, sagen: »Nach über fünf Jahren Einheit sollten wir doch endlich aufhören, die Deutschen nach Ost und West zu unterteilen. Die Unterschiede verwischen sich schnell und spielen sowieso bald keine Rolle mehr.«

Ich sage: So einfach ist das alles nicht. Wir müssen uns erst einmal richtig kennenlernen, und es hat keinen Sinn, die offensichtlich vorhandenen Differenzen, die uns in ihrem ganzen Ausmaß gerade erst bewußt werden, gleich wieder unter den Teppich zu kehren. Kritik – ob sie nun auf gerechten Urteilen, ungerechten Vorurteilen oder einer Mischung aus beidem beruht – muß ausgesprochen werden. Selbstverständlich lieber ausführlich und mit stichhaltigen Begründungen als kurz und bündig mit Glaubenssätzen wie »Wessis sind arrogant und karrieresüchtig« und »Ossis sind faul und feige«. Wenn Verdrossenheit immer nur unter dem Deckel brodelt, fliegt eines schlimmen Tages vielleicht der ganze Topf auseinander. Es nutzt auch nichts, ab und zu ein kleines Ventil zu öffnen. Der ganze Ärger muß heraus, ehe er sich anstauen kann. Vielleicht stellt man dann fest, daß er manchmal auch von Mißverständnissen herrührt. Und erst wenn die ausgeräumt sind, kann man Gemeinsamkeiten entdecken. Daß sich Ost- und Westdeutsche eines Tages nur noch Honig ums Maul schmieren, ist vorläufig jedenfalls nicht zu befürchten.

Früher war die Sache klar. Man sah sich bei den Besuchen der Westverwandten in der DDR. Viele aber hatten nicht einmal diese familiären Kontakte über die Mauer hinweg. So kam es, daß manchem DDR-Bürger gute Freunde in Polen oder Bulgarien näherstanden als die unbekannten »Brüder und Schwestern« in der Bundesrepublik. Und da man von großen Reisen ohnehin nur träumen konnte, träumte man lieber gleich von New York, Paris oder dem Kilimandscharo als von Stuttgart, Bremen und dem Teutoburger Wald. Trotzdem war das allgemeine Interesse an der Bundesrepublik groß: Sie war der nächste westliche Nachbar, der noch dazu die gleiche Sprache sprach und dessen Rundfunk- und Fernsehprogramme man empfangen konnte – das einzige Stück Westen, das man sich so einfach ins Haus holen konnte.

Viel ausgeprägter war die emotionale und gedankliche Beziehungslosigkeit zur anderen Seite bei Westdeutschen. Acht von zehn Bundesbürgern hatten keine Verwandten in der

DDR und auch sonst keine Beziehungen dorthin, sie nahmen das »andere Deutschland« kaum zur Kenntnis und haben es nicht besucht, obwohl sie die Möglichkeit dazu besaßen. Ich unterhalte mich gern mit jungen Leuten im Westen; viele von ihnen, so erfuhr ich, fühlen sich in Frankreich oder Italien fast wie zu Hause, das Stück Deutschland aber, das früher DDR hieß, lag für sie bis vor kurzem noch irgendwo in einer fernen, unwirtlichen Steppe.

Die Szenarien bei privaten Treffen ähnelten sich zumeist. Wenn der Westbesuch kam, war »Sonntag«, vom Alltag im Osten bekam er meist nicht allzuviel mit. Und die DDR-Bürger waren, um etwas vom West-Alltag zu erfahren, auf das bundesdeutsche Fernsehen und die Erzählungen der Gäste angewiesen, die sich oft etwas rosiger ausnahmen als die Realität.

Die Gäste aus dem Westen brachten Kaffee und Schokolade mit, die Gastgeber tischten auf, was der sozialistische Einzelhandel hergab, alle waren guter Dinge, und Streit um familiäre oder politische Themen kam gar nicht erst auf. Zu den seltenen Gelegenheiten, bei denen man beisammen war, sollte Harmonie herrschen. Außerdem ergaben sich Auseinandersetzungen kaum: Es hatte ja doch jede Seite ihr eigenes Leben, und bei einem Vergleich schnitt in unserem Familien- und Freundeskreis der Westen ohnehin stets besser ab – kein Wunder, hatten wir doch immer die Mauer vor Augen und die nervtötenden ideologischen Phrasen im Ohr.

Plötzlich sind Ost- und Westdeutsche einander dicht auf den Pelz gerückt, sie können sich bei Mißhelligkeiten nicht mehr einfach aus dem Weg gehen. Sie leben auf einmal unter prinzipiell gleichen gesellschaftlichen Bedingungen, bekommen Geld aus den gleichen Finanztöpfen, die, wie jeder weiß, nicht übermäßig gut gefüllt sind. Teilen ist nötig, und zwar obligatorisch und nicht nur gelegentlich wie früher, als es mit Paketen und Mitbringseln bei Besuchen getan war. Ost und West haben jetzt gemeinsame Sorgen und neigen nun dazu, sich gegenseitig Schuld in die Schuhe zu schieben. Die schöne Harmonie ist dahin. Man zeigt sich nicht mehr das Sonntagsgesicht und nimmt erstmals in vollem Ausmaß zur Kenntnis, wie verschieden man ist. Mehr als vierzig Jahre gegensätzlicher gesellschaftlicher Entwicklung haben Spuren hinterlassen. Und wenn wir ehrlich sind, müssen wir zugeben, daß die Unterschiede zwischen den Deutschen Ost und West schon sehr lange bestehen und sich mit der Zeit mehr und mehr vertieft haben.

Ich verbrachte meine Kindheit und Jugend in der Bernauer Straße in Berlin. Mitten hindurch verlief die Grenze zwischen dem französischen und dem sowjetischen Sektor der Stadt. Ich wohnte im Osten, und sobald ich das Haus verließ, stand ich im Westen. Ich ging oft »nach drüben«, verdiente mir mit Gelegenheitsjobs ein paar Westmark Taschengeld und erfüllte mir damit Wünsche, die sich im Osten schwer erfüllen ließen. Die vielen Möglichkeiten im Westen, zum Beispiel auf dem Gebiet von Kultur und Wissenschaft, natürlich auch die Bewegungsfreiheit, beeindruckten mich. Gleichzeitig aber stießen mich Überfluß und »Glanz« ab; ich empfand sie als kalt, unpersönlich, abweisend und gefährlich. Das war nicht meine Welt; der Osten erschien mir normaler, die Menschen umgänglicher. Heute wie damals vertrete ich den Standpunkt, daß man im Leben in bestimmte Situationen gestellt wird, aus denen man das Beste machen muß, gemeinsam mit den Menschen, von denen man umgeben und mit denen man lange vertraut ist. Persönlichen Vorteil in anderen Konstellationen zu suchen, erschien mir immer zu egoistisch. Vor dem 13. August 1961 (und wegen der besonderen Lage der Bernauer Straße sogar noch ein paar Tage danach) hätte ich mich ganz leicht auf Nimmerwiedersehen nach West-Berlin absetzen können, ein Schritt vor die Tür hätte genügt. Obwohl ich auch im Westen liebe Verwandte und gute Freunde hatte, fühlte ich mich richtig zu Hause im Osten. Nicht des tyrannischen Staates DDR wegen, zu dem ich immer in Opposition stand, sondern wegen der Verbundenheit und Gemeinschaft – von mir aus kann man es »Notgemeinschaft« nennen – mit Menschen, die eben auch nicht so einfach »abhauen« konnten: in meiner Familie, in der Kirchengemeinde, unter Klassenkameradinnen, Kommilitonen und Kolleginnen. Mögen andere die Nase rümpfen über den Hang zu dieser Art von Solidarität, die auch etwas von »Nestwärme« hat – ich teile ihn mit einer Mehrheit der Ostdeutschen und lasse mir nicht ausreden, daß Mitmenschlichkeit und eine gewisse Geborgenheit in der Gemeinschaft kostbare Güter sind.

Zu Beginn der neunziger Jahre veröffentlichte Professor Becker von der Universität Trier eine Untersuchung mit der Fragestellung, ob durch die politische Bevormundung in der DDR die Charaktere der Menschen verbogen worden seien. Die Studie stellt fest, daß es keine Deformierungen gegeben, sondern daß das kollektive Schicksal der DDR-Bürger sogar zu ihrer »Psychohygiene« beigetragen habe. Ich würde sagen: Die meisten Menschen haben sich angepaßt, aber sie sind dabei nicht zu seelischen Krüppeln geworden, sondern haben sogar einige mir sehr angenehme Eigenschaften entwickelt.

Es wurde ermittelt, daß die Ostdeutschen in der Regel größeres Ordnungsstreben, stärkere Prinzipientreue und Orientierung an gesellschaftlichen Normen zeigen als die

Westdeutschen, daß sie zuverlässiger und sparsamer sind, mehr an die Zukunft denken und sich vorwiegend von ihrer Vernunft leiten lassen. Andererseits sind sie weniger impulsiv, erlebnishungrig, improvisationsfreudig, ausgelassen und risikobereit. Die Menschen im Osten sind durch die Erziehung und die Notwendigkeit zu solidarischem Handeln geprägt, sie orientieren sich auf Partnerschaft und Gemeinschaft, ihre Kontaktfreude ist groß, sie arbeiten gern in Gruppen, und es ist ihnen wichtig, mit anderen gut auszukommen. Im Osten, so zeigt die Untersuchung, sind der Gemeinsinn und die Liebesfähigkeit größer, im Westen das Autonomiestreben und der Drang zur Selbstverwirklichung.

Eine gemeinsame Studie von Professor Brähmer vom Institut für medizinische Psychologie und Soziologie Leipzig und Professor Richter vom Sigmund-Freud-Institut Frankfurt am Main kommt 1995 zu sehr ähnlichen Resultaten: Die Ostdeutschen sind sozial offener und differenzierter, mitfühlender, selbstkritischer, reicher an libidinösen Gefühlen, weniger egoistisch, allerdings zukunftsängstlicher und pessimistischer in bezug auf Arbeit und Umwelt. In der Zukunftsangst, vor allem in der Sorge um Arbeitsplätze, holen offenbar die Westdeutschen in hohem Tempo auf. Eine nach Ost und West nicht unterscheidende Emnid-Umfrage für die »Berliner Zeitung« stellte Anfang 1996 einen wesentlich geschärften Sinn für drohende Gefahren fest: Sechsundsechzig Prozent der Deutschen bezeichnen ihre politische Grundstimmung als »beunruhigt« (Anfang 1995: vierundfünfzig Prozent), achtunddreißig Prozent prophezeien anhaltend negative Entwicklungen in der Wirtschaft (Anfang 1995: achtzehn Prozent).

*

Was mich an Westdeutschen immer wieder irritiert und womit ich nur mühsam umzugehen lerne, ist die professionelle Freundlichkeit, die einem überall entgegengebracht wird und die der Ungeübte leicht mit echter Herzlichkeit verwechseln kann. Es ist sehr schwer herauszufinden, ob jemand wirklich freundlich ist oder nur eine Maske trägt, hinter der sich Gleichgültigkeit verbirgt. Und manchmal sogar Abneigung – dann ist die Freundlichkeit pure Heuchelei.

Ich will nicht der Muffligkeit das Wort reden, die einem in der DDR in Geschäften, an Schaltern und in Ämtern, eigentlich überall im öffentlichen Leben, entgegenschlug. Selbst vor schlechter Laune guter Kollegen konnte man nicht sicher sein, und manchmal war man versucht, einen besonders üblen Sauertopf zur Ordnung zu rufen: »Nimm dich gefälligst ein bißchen zusammen, schließlich habe ich dir nichts getan.« Die ungenierte Übellaunigkeit war ärgerlich, aber immerhin wußte man stets, woran man war.

Die permanente Freundlichkeit, auf die man jetzt allenthalben trifft, ist mir aber noch weniger erträglich. Ich finde sie oft ein bißchen »klebrig«. Und sie macht unsicher: Man kann sein strahlend lächelndes Gegenüber so schwer durchschauen – und das ist ja oft gerade der Sinn der Sache. Im übrigen halte ich den Zwang, stets und ständig »gut drauf« zu sein, für unmenschlich. Ich glaube, daß es die Seele krank machen und deformieren kann, wenn persönliche Gefühle und Stimmungen immer unter Verschluß gehalten werden müssen.

Die Leute in der DDR haben sich Luft gemacht. Ich möchte gern das im Westen weit verbreitete Bild geraderükken, wir seien ein einziger Haufen unverbesserlicher Duckmäuser gewesen. Wo heute Ost- und Westdeutsche zusammenarbeiten, wundern sich die Westdeutschen manchmal, daß die Ostdeutschen häufig kein Blatt vor den Mund nehmen und auch dem Chef unverblümt ihre Meinung sagen: »Woher habt ihr das bloß, ihr mußtet doch vierzig Jahre lang kuschen?« Das ist ein Irrtum: In der DDR mußte man immer auf der Hut sein, bei politischen Auseinandersetzungen gewisse Grenzen nicht zu überschreiten; wenn es aber um die Arbeit oder persönliche Differenzen ging, flogen nicht selten die Fetzen, knallten die Türen. Vielleicht hat man sich damit nicht durchgesetzt, aber jedenfalls mußte man nicht an Herzdrücken sterben. Und manch einer kann sich seine Freimütigkeit - heute in gemäßigtere Ausdrucksweisen gekleidet - partout nicht abgewöhnen, auch wenn ihm die alten West-Hasen den gutgemeinten Rat geben, ein bißchen vorsichtiger zu sein, weil offene Worte vielerorts nicht üblich sind und nachteilige Konsequenzen haben können. Ein Dresdner Kabarettist drückte das in einem Bonmot aus: »Früher war es so: Ich konnte zu meinem Chef sagen, daß er eine Pfeife ist. Wenn ich mich das bei Honecker getraut hätte – es hätte ein böses Ende für mich genommen. Heute kann ich meinem Bundeskanzler sagen, was ich von ihm halte, aber nicht meinem Chef.« Die Westdeutschen sind also in ihren Äußerungen nicht unbedingt freier gewesen als die DDR-Bürger, sie haben sich nur in anderen Lebensbereichen vorsichtig und angepaßt verhalten. Das sollten die nicht vergessen, die gern selbstgerecht über die Menschen im Osten urteilen. Natürlich sind bei weitem nicht alle DDR-Bürger streitfreudig und offenherzig gewesen, und inzwischen haben die Neu-Bundesbürger gelernt, das Risiko zu kalkulieren, bevor sie einem Vorgesetzten die Meinung sagen. Mit Blick auf die Arbeitsmarktlage lassen es die meisten wahrscheinlich lieber bleiben.

In der Gesellschaft, in der wir nun leben, ist der Schein oft viel wichtiger als das Sein. Ich finde es ziemlich unerträglich, daß im Prinzip der die größten Chancen hat und die steilste Karriere macht, der es versteht, sich von einer besseren als seiner besten Seite zu zeigen. Zu blenden gilt nicht als ehrenrührig, sondern gehört zu den respektierten und eisern befolgten Spielregeln der Erfolgsgesellschaft. Wer es am besten beherrscht, darf mit allgemeiner Bewunderung rechnen. In dieser Hinsicht sind die Ostdeutschen sehr weit im Hintertreffen. Sie haben es nicht gelernt, und vielen widerstrebt diese aufgesetzte Selbstgewißheit auch zutiefst. Für meinen Geschmack ist das eine überaus sympathische Eigenschaft. Allerdings müssen sie üben, ihre tatsächlich vorhandenen Qualitäten auch wirklich deutlich zu machen und selbstsicherer zu sein.

Zum psychologischen Selbstbild der Westdeutschen gibt es eine aufschlußreiche Untersuchung des Sigmund-Freud-Instituts, die zwischen 1975 und 1994 ermittelt hat, daß die Menschen zunehmend weniger mitfühlend, gesellig, liebebedürftig und in der Liebe erlebnisfähig sind, daß ihre Fähigkeit, in der Liebe auch zu geben, statt nur zu nehmen, stetig abnimmt. Offensichtlich steigt, je besser es den Menschen wirtschaftlich geht, die Tendenz zu Vereinzelung und Entsolidarisierung. Ein Bekannter, der mich kürzlich durch München begleitete, erzählte mir, daß es in der Stadt bereits mehr als fünfzig Prozent Singlehaushalte gebe. Ich finde das, was im Westen gern als »splendid isolation« bezeichnet wird, erschreckend. Und ich frage mich, ob die Leute mit ihrer zunehmenden »fabelhaften Isolation« auf Dauer wirklich zufrieden sind.

Das ist eine wichtige Frage, denn es ist ja keineswegs so, daß einheitliche Auffassungen darüber bestehen, welche Eigenschaften als positiv und welche als negativ zu bewerten seien. Vielleicht hält eine Mehrheit der Westdeutschen Autonomie und Isolation tatsächlich für besonders erstrebenswert, während sich die geselligen Ostdeutschen solchen Lebensentwürfen gegenüber eher reserviert verhalten. Gravierend sind unterschiedliche Auffassungen zum Beispiel in der Beurteilung von Schnelligkeit und Flexibilität, die im Westen hoch im Kurs stehen und schlechthin als die Voraussetzungen für Erfolg gelten. Beinahe hätten sich die Ostdeutschen einreden lassen, daß sie auch so dynamisch, hektisch und flexibel werden müßten, aber dann haben sich viele darauf besonnen, daß die vertraute Gründlichkeit und Beständigkeit auch ihre Vorteile besitzen. Gewohnheit und Lebenserfahrung sagen ihnen, daß man auch anders leben kann als ruhelos und betriebsam - und ihrer Meinung nach sogar ausgeglichener und zufriedener. Sie haben ihre Eigenarten als wertvoll erkannt und versuchen nun hartnäckig und geduldig, ihnen im täglichen Leben, vor allem ihren neuen Chefs gegenüber, Anerkennung zu verschaffen.

Leicht ist das nicht, denn gemeinhin bestimmt die Mehrheit, wohin der Hase läuft, welche Werte, Wesenszüge, Verhaltensweisen gebilligt, geachtet, honoriert werden und sich schließlich durchsetzen. Ich vermute, daß manche jüngere Ostdeutsche schon »westlichere« Lebensart entwickeln als manche ihrer westdeutschen Altersgenossen. Aber vielleicht empfinden selbst eingefleischte Einzelgänger im tiefsten Innern ihre Einsamkeit als gar nicht so erstrebenswert, vielleicht stößt egoistische Selbstverwirklichung bald an die Grenze, hinter der das Leben auch für die ganz Hartgesottenen zu kalt und unwirtlich ist. Über das erbarmungslose Tempo, das die moderne Welt vorantreibt und die Lebensqualität beeinträchtigt, wird ja schon allenthalben geklagt. Vielleicht kann die gelassenere ostdeutsche Lebensweise dazu beitragen, diesem und jener die Augen zu öffnen.

Andererseits kann es den Ostdeutschen nicht schaden, ein wenig wagemutiger und zupackender zu werden, optimistischer zu sein und sich mehr zuzutrauen. Die richtige Mischung macht's, ganz abgesehen davon, daß es zwischen den Individuen ohnehin große Unterschiede gibt. Ich habe in den vergangenen Jahren sehr bedächtige, liebevolle, mitfühlende, gesellige Westler kennengelernt, und unter den Ostdeutschen gab es schon in tiefen DDR-Zeiten eine ganze Menge vigilanter Kerlchen, wie man in Sachsen zu sagen pflegt.

Stark sind im Osten Eigenschaften ausgeprägt, die seit jeher als typisch deutsche Tugenden gelten: Sie tanzen nicht so oft aus der Reihe, halten vorgegebene Regeln ein und bestehen ziemlich energisch auf Recht und Ordnung. Aus einer Umfrage der »Süddeutschen Zeitung«, veröffentlicht im Januar 1996 und verglichen mit Ergebnissen von 1990, geht hervor, daß achtundsiebzig Prozent der Ostdeutschen eine stärkere Präsenz der Polizei in der Öffentlichkeit befürworten, gegenüber dreiundvierzig Prozent der Westdeutschen. Zweiundvierzig Prozent im Osten halten die herrschende Achtung vor staatlicher Autorität für gerade ausreichend (im Westen fünfundfünfzig Prozent), vierundvierzig Prozent der Ostdeutschen (im Westen sechsundzwanzig Prozent) meinen, daß die staatliche Autorität nicht genug geachtet wird. Auf mehr Liberalität und Freizügigkeit im Zusammenleben würden heute nur noch vierunddreißig Prozent der Neu-Bundesbürger Wert legen (1990: zweiundvierzig Prozent), weniger liberal wünschen sich die Bundesrepublik siebenunddreißig Prozent Ostdeutsche (1990: vierzehn Prozent).

Nehmen wir als Beispiel den »großen Lauschangriff«. Eigentlich sollte man erwarten, daß die Ostdeutschen, jahrzehntelang von der Stasi bespitzelt, allergisch reagieren und auf die Barrikaden steigen, wenn es um das Abhören von Privatwohnungen geht, daß sie, von schlechten Erfahrungen gewarnt, jeglichen Eingriff in die Privatsphäre kategorisch ablehnen. Doch das Gegenteil ist der Fall. Viele Leute im Osten meinen, die Unantastbarkeit des persönlichen Bereichs sei gut und schön. Aber wenn zur effektiven Bekämpfung organisierter Kriminalität, von international agierenden professionellen, gemeingefährlichen Verbrechern Abhörmaßnahmen notwendig seien, dann solle man auch Privaträume abhören dürfen. Selbstverständlich müsse streng geregelt sein, unter welchen Umständen von der Möglichkeit der Überwachung Gebrauch gemacht werden darf.

Auch für die heilige Kuh, die da Bankgeheimnis heißt, haben die Ostdeutschen wenig Verständnis, wenn dadurch Geldwäsche und millionenfacher Steuerbetrug unentdeckt und ungeahndet bleiben.

Wenn ich eine meiner Ansicht nach hervorstechende Eigenschaft der Ostdeutschen nennen sollte, würde ich salopp sagen: Sie können auf dem Teppich bleiben. Oder: Die meisten sind – jedenfalls vorläufig noch – das, was ich »normal« nenne. Als einst in der Forschung tätige Biologin habe ich gelernt, Normalwerte für wünschenswert zu halten. Und auch im Alltag schätze ich es sehr, wenn jemand Augenmaß und gesunden Menschenverstand besitzt.

Im Westen scheint mir Normalität keine besonders angesehene Größe zu sein. Im Gegenteil, ich habe den Eindruck, daß es sehr viele darauf anlegen, ihre Individualität, Originalität und Eigenart zu betonen und sich um jeden Preis von den anderen zu unterscheiden: bloß nicht für »Otto Normalverbraucher« gehalten werden; »durchschnittlich« ist ein Schimpfwort. Man kleidet und frisiert sich auffällig schlampig, auffällig schrill, auffällig elegant, man hängt extremen Ansichten an ... Vielleicht wäre etwas mehr »Normalität« angebracht.

*

Auf Reisen höre ich oft, daß das veränderte Ost-West-Verhältnis auch auf die verwandtschaftlichen Beziehungen durchschlägt. Die Rollen sind eben nicht mehr so eindeutig verteilt und so leicht zu spielen wie früher bei den Sonntagsbesuchen. Wir sind jetzt vor dem Gesetz gleichberechtigte Bürger desselben Landes. Die westdeutschen Verwandten fühlen sich nicht mehr moralisch verpflichtet, die ärmeren Brüder und Schwestern im Osten mit den früher so begehrten kleinen Aufmerksamkeiten ein wenig an den Segnungen des Westens teilhaben zu lassen. Heute geht es um mehr als um Kaffee für die Schwägerin, Jeans für den Neffen und die Barbiepuppe für die Enkelin. In der Tat wäre es ja auch unsinnig, wenn die Gäste aus Wuppertal heute noch mit Strumpfhosen, Seife und Kakao bei der Verwandtschaft in Merseburg aufkreuzten.

Oft ist es so, daß man sich seltener sieht als früher, als Geburtstage, Weihnachten und Ostern im Kalender rot angestrichen waren und für selbstverständlich eingeplante Besuche jenseits der Mauer reserviert blieben. Jetzt könnte man sich ohne bürokratische Hindernisse und Einschränkungen treffen, sooft man will, und eben deshalb schiebt man es leichten Herzens immer wieder hinaus. Es ist nichts Besonderes mehr, und außerdem gibt es jetzt manchmal unerfreulichen Streit. Die aus den Schwierigkeiten der deutschen Vereinigung herrührenden gegenseitigen Aversionen und Vorurteile machen auch vor den Familien nicht halt. Nach Jahren guten Einvernehmens hält die Tante aus Bayern die Thüringer Nichte plötzlich für weinerlich und undankbar, die Nichte findet die Tante auf einmal hartherzig und überheblich. Noch schlimmer, wenn die Nichte aus dem Westen, Zahnarzthelferin mit gut verdienendem Mann, irgendwo in den neuen Bundesländern einen Bauernhof fürs Wochenende und vorausschauend als Alterssitz kauft, während die studierte Tante im Osten mit Vorruhestandsgeld ihrer mittelprächtigen Rente harrt! Womöglich wohnt sie obendrein in einem Häuschen, das gerade von Rückgabeforderungen der Alteigentümer bedroht ist, die es am liebsten an einen reichen Westdeutschen verkaufen würden, der seinerseits durch die extrem günstigen Abschreibungsbedingungen für den Erwerb ostdeutschen Wohneigentums tüchtig Steuern sparen will. Das hört sich nach Zuspitzung an, doch solche Konstellationen sind gar nicht so selten. Da zeigt sich deutlich, daß sich Lebensleistung Ost und Lebensleistung West auch auf längere Sicht nicht mit adäquatem Wohlstand bezahlt machen werden. Man muß schon sehr gelassen sein und viel Vernunft walten lassen, um in derartigen Situationen negative Gefühle unter Kontrolle zu halten.

Die unverbindliche Harmonie der verwandtschaftlichen Beziehungen von einst wird durch handfeste Probleme verdrängt, an denen jeder in unterschiedlicher Weise zu knabbern hat und deren Ursachen man gern der »anderen Seite« in die Schuhe schieben möchte. Um unerfreuliche Sticheleien und Zusammenstöße zu vermeiden, geht man sich lieber gleich aus dem Weg. Man hat schon genug Ärger, man muß sich nicht zusätzlich noch welchen organisieren. Und zu sagen hat man sich sonst sowieso nicht viel.

Aber wir hätten uns doch so viel zu sagen! Wir können uns kaum anders kennen- und zumindest ein wenig verstehen lernen als durch Besuche und Gespräche, in denen wir uns gegenseitig geduldig zuhören. Dafür werbe ich auf meinen Reisen immer wieder: Nutzt die Kontakte von Familie zu Familie, von Wohlfahrtsverband zu Wohlfahrtsverband, von Verein zu Verein, von Schule zu Schule, von Seniorenklub zu Seniorenklub, besucht euch gegenseitig und lernt den euch fremden Alltag der andern kennen – das erübrigt sogar manch umständlichen verbalen Versuch, das eigene Leben zu beschreiben und zu erklären. Laßt die verwandtschaftlichen Beziehungen nicht einschlafen, kehrt euch nicht gegenseitig den Rücken zu, redet offen und ehrlich miteinander. Aber verletzt einander dabei nicht mit plumpen Vorurteilen und ungerechtfertigten Verallgemeinerungen. Und scheut euch nicht, Irrtümer zuzugeben.

Vor einiger Zeit fühlte ich mich von politischen Gegnern bösartig angegriffen und verleumdet. Ich hatte Geburtstag, am Abend erwartete mich zu Hause eine große Gratulantenrunde, und ich ließ mich in meinem Zorn zu einer abfälligen Bemerkung über »die Westler« hinreißen. Als ich das Gesicht meiner Westberliner Cousine sah, war es zu spät, mir auf die Zunge zu beißen. Ich konnte mich für meine Unbeherrschtheit und die undifferenzierten Anwürfe nur nachträglich schämen. Doch auch aus solch unerfreulichen Begegnungen mit der eigenen Voreingenommenheit kann man lernen: nicht zu heucheln, aber behutsam, sensibel und gerecht zu sein.

Wachsender Abneigung der Brandenburger Bevölkerung »den Westlern« gegenüber sind auch aus Nordrhein-Westfalen stammende Mitarbeiter meines Ministeriums ausgesetzt, die engagiert und redlich, mit großem persönlichen Einsatz (und vielen unbezahlten Überstunden) unser Ministerium mitaufgebaut haben. Beispielhaft dafür: mein inzwischen in den Ruhestand verabschiedeter Staatssekretär Olaf Sund, ein extrem bescheidener, extrem fleißiger, politisch sehr erfahrener Mensch, der mit fast sechzig Jahren ein relativ komfortables Leben als Präsident des Landesarbeitsamtes Nordrhein-Westfalen aufgegeben hat, um bei uns in Potsdam seine Erfahrungen im Kampf gegen die Massenarbeitslosigkeit einzusetzen – unter großen persönlichen Beschwernissen, bis an den Rand der Erschöpfung und des gesundheitlichen Ruins. Er und etliche andere haben harte und oft zermürbende Arbeit für den »Aufbau Ost« geleistet. Sie haben Unbequemlichkeiten und Nachteile im persönlichen Leben in Kauf genommen, die ihnen vor einigen Jahren noch vorwiegend mit Entgegenkommen und konstruktiver Zusammenarbeit vergolten wurden. Inzwischen sehen sie sich mehr und mehr mit Feindseligkeit und Ablehnung konfrontiert. Ich habe den Eindruck, daß sich das, was eigentlich der Vereinigungsprozeß zwischen den Menschen sein sollte, derzeit in die entgegengesetzte Richtung bewegt.

Wenn ich in Westdeutschland unterwegs bin, in öffentlichen Veranstaltungen von den Problemen der Menschen im Osten erzähle und um Verständnis für die Kompliziertheit ihrer Situation werbe, wird mir meist viel Sympathie und konstruktive Kritik entgegengebracht. In der Mehrheit kommen natürlich zu solchen Versammlungen und Diskussionsrunden nur die, die ohnehin den neuen Bundesländern mit Unvoreingenommenheit begegnen. Es sind ja inzwischen längst nicht mehr nur die Ostdeutschen, die aufpassen müssen, daß man sie nicht über den Löffel balbiert. Wenn doch alle »kleinen Leute« in Ost und West erkennen würden, daß sie in sozialen Belangen mehr verbindet als trennt und daß Probleme nur im Zusammenwirken, nicht aber durch Konfrontation gelöst werden können.

Doch spätestens, wenn ich solche Veranstaltungen verlasse und mich im westdeutschen Alltag bewege, stelle ich fest, wie schlecht auch die »Wessis« auf die »Ossis« zu sprechen sind. Sie haben von den aktuellen wirtschaftlichen und sozialen Problemen – die ja, das muß auch einmal gesagt werden, beileibe nicht allein von der deutschen Vereinigung herrühren, ihr aber gern in Bausch und Bogen zugeschrieben werden – die Nase gestrichen voll. Ich registriere diese Stimmung sehr genau, denn es hat überhaupt keinen Sinn, sich etwas vorzumachen. Und ich rede darüber, weil mit Verschweigen nichts aus der Welt geschafft werden kann.

Ich bin ja nicht gerade maulfaul, und auf den Fahrten von Termin zu Termin unterhalte ich mich gern mit den Taxichauffeuren. Ich treffe heute kaum noch jemanden, der nicht wenigstens schon einmal eine Stippvisite in die neuen Bundesländer gemacht hat. Trotzdem ist nach wie vor das westliche Interesse am Osten sehr viel geringer als der Drang der Ostdeutschen, ihre westdeutschen Nachbarn und die landschaftlichen Schönheiten der alten Bundesrepublik kennenzulernen.

Ein Taxifahrer zum Beispiel beschäftigt sich intensiv mit Akupunktur und erklärte mir, er fühle sich seit jeher den Chinesen mehr verbunden als den Ostdeutschen. Solche Erklärungen fordern meinen Ehrgeiz heraus. Ich erzählte ihm von den politischen und ideologischen Hürden, die die Verfechter der Akupunktur in der DDR in zähem Kleinkrieg überwinden mußten, ehe sie in geringem Umfang und unter argwöhnischer Kontrolle chinesische Heilmethoden anwenden durften. Als ich dann vom Alltag der Ostdeutschen sprach, von unseren gemeinsamen historischen und kulturellen Wurzeln, von Landschaften und Kulturdenkmälern, hörte er interessiert zu. Ich gerate ja leicht ins Schwärmen, wenn ich von den Rügener Kreidefelsen, den Brandenburger Zisterzienserklöstern, vom Spreewald, der Mecklenburgischen Seenplatte oder den Stätten der Weimarer Klassik erzähle. Die ziemlich lange Fahrt erschien mir viel zu kurz. Schließlich dachte er laut darüber nach, demnächst einmal mit seinem Bruder »rüber« nach Thüringen zu fahren. Immerhin.

*

Nach den Maßstäben der Europäischen Union gehören die neuen Bundesländer zu den sogenannten Ziel-1-Gebieten, zu den Regionen also, die am dringendsten der Förderung bedürfen. Diese Einschätzung hat nichts mit Übern-Daumen-Peilen, äußerem Anschein oder Mitleid zu tun, sondern mit exakten Kriterien. Das macht das ganze Ausmaß der Misere und der Unterschiede zwischen Ost- und Westdeutschland auf einen Blick deutlich: Der Osten ist auf lange Sicht umfangreicher Hilfe bedürftig. Und er bekommt diese Hilfe auch.

Die Ostdeutschen müssen deshalb nicht mit glänzenden Augen durch die Gegend laufen wie Kinder zur Weihnachtsbescherung, sie müssen keine unterwürfige Dankbarkeit zeigen. Aber sie sollten auch nicht vergessen, daß es sich bei den Transferleistungen nicht um Kleinigkeiten handelt, sondern um Milliarden, die aus den öffentlichen Kassen des Westens herüberfließen. Die oft gehörte Klage, daß viele der Gelder mit einer eleganten Kurve prompt in den Westen zurückkehrten, ist allerdings nicht ganz unbegründet. Viele westdeutsche Unternehmen profitieren am Ende von den Fördermitteln, in der Tat ist der Osten manchmal nur eine Zwischenstation. Es müssen deshalb dringend Rahmenbedingungen geschaffen und Regelungen getroffen werden, damit die Fördermittel wirklich dem Aufbau im Osten zugute kommen und nicht auf einem kleinen Umweg westdeutsche Privatvermögen vergrößern.

Der »Rückfluß« ändert aber nichts daran, daß der Bund, daß Länder, Kommunen, Kranken- und Rentenkassen im Westen diese Gelder entbehren müssen und daß der Transfer nun auch an ihre Substanz geht. Sie müssen Abstriche machen an den Leistungen, die die Alt-Bundesbürger bisher gewohnt waren. Das spüren sie deutlich und häufig auch recht schmerzhaft. Da ist es schon ungerecht und ärgerlich, wenn aus dem Osten der Vorwurf zu hören ist: »Was tut ihr denn schon für uns?«

Es wird sicherlich niemanden verwundern, daß die Sicht der Ostdeutschen und der Westdeutschen auf die Hilfe für den Aufbau Ost sehr unterschiedlich ausfällt. Auf die Frage »Tut Bonn zu wenig?« antworteten 1995 im Osten achtundsechzig Prozent, im Westen neun Prozent mit Ja. Fünfundzwanzig Prozent der West- und ein Prozent der Ostdeutschen waren der Meinung, der Westen meine es zu gut und tue zuviel. Die Hilfe bewege sich gerade im richtigen Rahmen sagten einunddreißig Prozent im Osten und vierundsechzig Prozent im Westen.

Ich denke, daß die Menschen im Osten anerkennen sollten, daß ihnen enorme materielle Unterstützung zuteil wird, und daß die Menschen im Westen akzeptieren sollten, daß diese Bemühungen noch über einen längeren Zeitraum fortgesetzt werden müssen. Denn wenn die Anschubphase zu kurz ausfällt, wenn die Förderung gekürzt wird, ehe sich die Entwicklung in den neuen Bundesländern einigermaßen selbst tragen kann, waren alle bisherigen Opfer umsonst; dann wird der wirtschaftlich unterentwickelte und materiell bedürftige Osten zur Dauerbelastung. Eine unerträgliche Aussicht für die Westdeutschen, die immer weiter zur Ader gelassen würden, wie für die Ostdeutschen, die auf ewig die Almosenempfänger der Nation blieben.

Teilung wird durch Teilen überwunden. Deshalb halte ich die von der FDP angezettelte Diskussion über den Solidaritätszuschlag für fatal. Nun soll er also zum 1. Januar 1997 von 7,5 auf 6,5 Prozent und ab 1998 auf 5,5 Prozent gesenkt werden. Dabei dürfte er doch erst dann gekürzt werden oder gar wegfallen, wenn er zur Finanzierung des Aufbaus Ost nicht mehr gebraucht wird. Und das ist vorläufig nicht der Fall. Bei aller Empörung haben wir hier aber auch einmal ein erfreuliches Beispiel dafür, daß Ost und West zusammenhalten können: Die Ablehnung der unseriösen Pläne vereinte ausnahmsweise alle Landesregierungen, in Ost und West, in Nord und Süd – sie müssen die Suppe nämlich auslöffeln.

Viele wissen gar nicht genau, was es mit dem Solidaritätszuschlag eigentlich auf sich hat, und Westdeutsche wundern sich immer wieder, wenn man ihnen erklärt, daß nicht nur sie zur Kasse gebeten werden, sondern daß die zusätzliche Abgabe auch von jedem ostdeutschen Steuerzahler erhoben wird. Seit 1995 sind die neuen Bundesländer in den

Länderfinanzausgleich einbezogen, das heißt, die wohlhabenderen und wirtschaftlich stabileren Länder geben ihnen - wie auch den schwächeren westlichen Bundesländern - von ihren Steuereinnahmen einen gewissen Anteil ab. Dieser Ausgleich ist ein verbrieftes Recht der ärmeren Länder, die also nicht um Zuschüsse betteln müssen. Da der Osten den Finanzausgleich natürlich stark in Anspruch nimmt, entstanden für die reichen Länder höhere Belastungen, die zum Teil ausgeglichen werden, indem der Bund ihnen sieben Prozent mehr von der Umsatzsteuer überläßt. Und das Loch, das dadurch im Bundeshaushalt klafft, wird zum Teil mit dem Solidaritätszuschlag gestopft. Durch die Senkung des Solidaritätszuschlags müssen die Länder 1997 1,2 Prozent und 1998 1,5 Prozent des Umsatzsteueraufkommens an den Bund rückübertragen und würden also stärker belastet.

Natürlich muß regelmäßig kontrolliert werden, ob der Solidaritätszuschlag noch notwendig ist, um ihn so früh wie möglich wieder abzuschaffen. Aber das kann erst geschehen, wenn die Lebensverhältnisse und finanziellen Möglichkeiten der alten und neuen Bundesländer einigermaßen ausgeglichen sind. Deshalb ist es erschreckend, daß die FDP die Diskussion um den Zuschlag in einigen westlichen Bundesländern sogar als Instrument im Wahlkampf benutzte - bei Wahlen in Thüringen oder Mecklenburg-Vorpommern würde ihr das nicht im Traum einfallen. Hält sie die Bürger in Westdeutschland für so unsolidarisch und egoistisch, daß sie sich von derart schäbigen Tricks größeres Wohlwollen der Wähler erhoffte?

Inzwischen hat sich die wirtschaftliche Situation in einigen Gegenden Ostdeutschlands stabilisiert. Es gibt auch arme Regionen im Westen, und manche von ihnen sind schlechter dran als die wenigen prosperierenden Regionen in den neuen Bundesländern. Es ist also der Zeitpunkt gekommen, darüber nachzudenken, nach welchen Kriterien zukünftig Zuschüsse gewährt werden sollen. Der Osten dürfte besondere Mittel, für Arbeitsförderung und Investitionen zum Beispiel, nicht einfach deshalb beanspruchen, weil er Osten ist, sondern nur, wenn sie dort nötiger gebraucht werden als anderswo. Fördertatbestände müssen künftig nach Bedürftigkeit und nicht mehr einfach nach Himmelsrichtung bestimmt werden. Natürlich werden das vorläufig im wesentlichen ostdeutsche Regionen sein. Die brandenburgische Stadt Prenzlau hatte im März des Jahres 1996 über fünfundzwanzig Prozent registrierte Arbeitslose! Aber in Westberlin ist die Arbeitslosenquote schon höher als im Osten der Stadt, der Arbeitsamtsbezirk Potsdam zählt weniger Arbeitsuchende als manche Gegend in Nordrhein-Westfalen, wo die Quote teilweise bei fünfzehn Prozent liegt.

Vor einiger Zeit fand in Gelsenkirchen eine gemeinsame Sitzung der Landesregierungen Brandenburgs und Nordrhein-Westfalens statt, die eine enge und gute Partnerschaft verbindet. Für gewöhnlich werden Kabinettssitzungen streng nach Tagesordnung abgehalten, bei dieser aber kam es unerwartet zu einer intensiven Diskussion außer der Reihe, ausgelöst von einer Bemerkung des nordrhein-westfälischen Ministerpräsidenten Johannes Rau. Er erzählte, er sei Ehrenbürger einer kleinen bayrischen Ortschaft dicht an der Grenze zu Thüringen, in die er im Krieg evakuiert worden war. Kürzlich hatte er die Gegend wieder besucht und eine große Verbitterung der Einwohner gespürt. Denn die Thüringer Gemeinden jenseits der Landesgrenze entwickeln sich durch großzügige Fördermaßnahmen, mit dem bayrischen Ort aber geht es –

nach Abschaffung der Zonenrandförderung – mehr und mehr bergab. Und diese gegensätzlichen Entwicklungen kommen nicht von ungefähr, sondern haben durchaus miteinander zu tun: Die besonderen Maßnahmen zur Wirtschaftsförderung und Arbeitsmarktpolitik in Thüringen locken nämlich bisher Zonenrandförderung gewöhnte bayrische Unternehmen auf die andere Seite. Die Ziegelei und die Fleischerei sind schon umgezogen, um sich ein Stück vom Förderkuchen abzuschneiden, der eigentlich für den Osten gebacken wurde. Dem bayrischen Ort gingen Arbeitsplätze verloren, und wer weiter in seinem alten Betrieb beschäftigt sein will, muß nun täglich über die Grenze pendeln und längere Wege in Kauf nehmen. Auch sonst putzen sich die Thüringer Grenzgemeinden allmählich heraus, während bayrische Kirchen und Schulen auf Renovierung warten müssen, weil an allen Ecken und Enden gespart wird. Gewiß hat die jahrzehntelang vernachlässigte Bausubstanz im Osten eine Sanierung nötiger, und in Bayern werden die Gebäude nicht gleich zusammenfallen. Doch wie auch immer, die Stimmung auf bayrischer Seite, so schloß Rau, sei nicht gut.

Unbedingt, meine ich, muß dafür gesorgt werden, daß Hilfe für den Aufbau Ost auch wirklich dem Osten zugute kommt und nicht schlauen westdeutschen Unternehmern, die auf Kosten der Steuerzahler ihr Privatvermögen aufstocken, während die Probleme nicht gelöst, sondern nur vom Osten in den Westen verlagert werden. Raus Bericht hörte sich ganz so an, als habe das Klagen und Händeringen, das, zu Recht oder Unrecht, den »Jammerossis« nachgesagt wird, nun auch den Westen erfaßt. Das löst bei mir keine Häme, sondern Nachdenklichkeit aus: Wie verhindern wir, daß sich Unternehmer, noch dazu formal legal, an eigentlich anderen Zwekken zugedachten Fördermitteln bereichern? Wie erreicht man eine entspanntere Atmosphäre, in der Hilfe für den Osten als notwendiges, sinnvolles Opfer und nicht als lästiger Zwang begriffen wird?

*

Bei all dem Vereinigungsfrust in Ost und West möchte man manchmal fast nicht glauben, was es dennoch gibt: begeisterte, zuverlässige, uneigennützige Hilfe und solidarische Zusammenarbeit bei dringend notwendigen sozialen Projekten in Ostdeutschland. Von einem Beispiel, bei dem mir vor Freude das Herz im Leibe hüpft, möchte ich hier ein wenig ausführlicher erzählen: vom Modellprojekt »Haus des Kindes« in Prenzlau, über das ich die Schirmherrschaft übernommen habe. Auf meiner Seite sind in diesem Fall Ehre und Vergnügen, während die Prenzlauer und ihre Verbündeten aufopferungsvolle Arbeit leisten.

Ende 1989 fanden sich in Prenzlau, einer Kreisstadt in der Uckermark, einige Frauen zusammen, die dem sich ankündigenden neuen gesellschaftlichen System nicht blindlings vertrauen wollten. Sie waren sich ihrer durch Berufstätigkeit erlangten Selbständigkeit, einiger wertvoller Rechte und sozialer Vorzüge, die sie nicht leichtfertig aufgeben wollten, vollauf bewußt. Sie hatten sich bisher nicht die Butter vom Brot nehmen lassen, und so sollte es auch bleiben. Den vielen Unwägbarkeiten und Verunsicherungen der Wendezeit begegneten sie 1990 mit der Gründung der »Interessengemeinschaft Frauen Prenzlau«. Das Vereinsvermögen belief sich zu Beginn auf achtundsechzig Mark und zehn Pfennige. Leitmotiv der Frauen ist das Aitmatow-Wort, daß sich der

Wert eines Menschen danach bemißt, wie er sich »in extremen moralischen Bewährungssituationen verhält, ob er bereit ist, für ethische Ideale einzutreten, auch wenn er damit Leiden auf sich nimmt«. 1991 eröffnete die IG Frauen als erste Arbeitsbeschaffungsmaßnahme eine Frauenberatungsstelle, ein Jahr später den Kinder- und Jugendnotdienst »Kids«, 1994 den mit vielfältigen Aktivitäten weit in den ländlichen Raum ausstrahlenden Frauen- und Familientreffpunkt »Kaleidoskop«. Aus einer spontan entstandenen Selbsthilfegruppe wurde mit der Zeit eine Einrichtung, die in kräftezehrender ehren- und zum Teil auch hauptamtlicher Arbeit Frauen und Familien der Uckermark klugen Rat und unschätzbare Hilfe in schwierigen Zeiten gibt.

Zur gleichen Zeit gründeten Prenzlauer Bürger mit geistig behinderten, autistischen oder mehrfach behinderten Angehörigen, vor allem Kindern, den Ortsverein »Lebenshilfe«. Ihr »Familienentlastender Dienst« gewährt Unterstützung bei Betreuung und Pflege, Freizeitgestaltung, Einkäufen, Behördengängen und anderen Verrichtungen des täglichen Lebens, die von Gesunden mit mehr oder minder großem Aufwand zu bewältigen sind, Familien mit behinderten Angehörigen aber leicht an die Grenzen ihrer Belastbarkeit bringen können.

Solche Vereine und Selbsthilfegruppen, wie sie der Westen seit langem kennt, sind ein Segen der Wende. Zu DDR-Zeiten wurden schon Ansätze zu derartigen Zusammenschlüssen, die nicht der Kontrolle und dem Einfluß des Staates unterlagen, beargwöhnt und behindert. Denn ein allmächtiges und obendrein mißtrauisches Staatswesen, das den selbstherrlichen Anspruch vertritt, »alles zum Wohl des Volkes« zu tun, kann keine unabhängigen Einrichtungen neben sich dulden.

Weil in einer Gesellschaft, in der materielle Güter im Vordergrund stehen und Menschlichkeit auf der Strecke zu bleiben droht, Kinder und Jugendliche die schwächsten Glieder sind und – das beginnt in der Familie – leicht zu Opfern werden können, verlangte das Projekt »Kids« mit seiner Notaufnahme in akuten Krisenfällen dringend nach Erweiterung. Doch dafür fehlte den Prenzlauer Frauen das Geld.

Genau in dieser Situation kam der Verein »HELFT UNS LEBEN«, eine Initiative der »Rhein-Zeitung« Koblenz, ins Spiel. Ende der siebziger Jahre hatte die Zeitung zum ersten Mal ihre Leser zu einer weihnachtlichen Spendenaktion für Kinder in Not aufgerufen. Damals wurden einhundertzehntausend Mark für die »Müllkippenkinder« von Kairo gesammelt. Der unerwartete Erfolg ermutigte zum Weitermachen, die ehrenamtliche Arbeit wurde auf viele Schultern verteilt, innerhalb von fünfzehn Jahren spendeten die Leser rund fünfzehn Millionen Mark. Das Geld kam Kindern zugute, die dringender medizinischer Behandlung bedurften, floß in viele große und kleine Projekte im Verbreitungsgebiet der »Rhein-Zeitung« und in aller Welt: nach Kroatien, Bosnien, Rumänien, Polen, Rußland, Lettland und Estland, nach Angola, Äthiopien, Ruanda, Somalia, Namibia und Malawi, nach Bangladesh, Vietnam, Kurdistan, Israel und bis auf die Philippinen. In Mecklenburg-Vorpommern wurden ein Therapie-Spielplatz, ein Heim mit behinderten Kindern, eine Einrichtung für betreutes Wohnen und einige weitere Projekte gefördert.

1993 nun wollten die Koblenzer eine soziale Einrichtung im Land Brandenburg unterstützen und wandten sich an das Potsdamer Sozialministerium um Rat. Wir legten ihnen die rührigen Prenzlauerinnen ans Herz. Die »Interessengemeinschaft Frauen« und der Ortsverein »Lebenshilfe« taten sich zusammen, suchten Berater und verhandelten mit dem Jugendamt: Das Projekt »Haus des Kindes - Krisen- und Familienentlastender Dienst« nahm Gestalt an, aus »Kids« sollte »KIFA« werden. Die Liste der für die gute Sache geworbenen Förderer umfaßt über sechzig Positionen - Einzelhandelsgeschäfte, Hotels, Handwerksbetriebe und andere Unternehmen der Prenzlauer Region, kommunale Behörden und sogar einen Clown aus Osnabrück. Die Stadt Prenzlau stellte ein Gebäude zur Verfügung, eine von den russischen Truppen hinterlassene Bruchbude in erbarmungswürdigem Zustand, aber mit einigermaßen solider Bausubstanz. Die Sparkasse Uckermark signalisierte die Bereitschaft, einen Kredit zur Verfügung zu stellen, die Bürgschaftsbank Köln übernahm eine Bürgschaft für 1,7 Millionen Mark. Die beauftragten Architekten sagten zu, möglichst viele Firmen der Prenzlauer Gegend in die Arbeiten einzubeziehen, damit die Aufträge in der Region blieben. Das Projekt »Petra« aus Schlüchtern bei Frankfurt am Main, ein ähnlicher Notdienst für Kinder und Jugendliche, stand den Prenzlauern von Anfang an mit Rat und Tat zur Seite. Die Mitarbeiter von »HELFT UNS LEBEN« waren vom Prenzlauer Vorhaben begeistert und stellten zunächst hunderttausend Mark zur Verfügung, die sie später auf dreihunderttausend Mark aufstockten. Die Koblenzer, die sich dem großen Vertrauen ihrer Leser verpflichtet fühlen, prüfen den gemeinnützigen Zweck und die Seriosität der von ihnen unterstützten Einrichtungen im vorhinein stets sehr genau und haben auch später ein wachsames Auge auf den Gang der Dinge.

Im Dezember 1995 wurde das »Haus des Kindes« eingeweiht. Es ist liebevoll, zweckmäßig und schön eingerichtet, auf der hellen Fassade prangt ein prächtiger bunter Regenbogen. Zur Eröffnung hielt auch der Chef vom Dienst der »Rhein-Zeitung« eine kleine Rede und überreichte noch einige weitere Schecks. Er hatte in seinem Heimatort und mit Hilfe einer Ortsgruppe des DRK zusätzlich ein paar Tausend Mark gesammelt, damit in Prenzlau Spielzeug gekauft werden konnte.

Eine Bilderbuchgeschichte. Doch bei Sieglinde Karstädt, der beharrlichen, unermüdlichen Geschäftsführerin der IG Frauen, flossen nicht nur Tränen des Glücks, sondern auch der Erschöpfung. So leicht, wie sich die Geschichte hier liest, hat sie sich in Wirklichkeit natürlich nicht abgespielt. Es war ein verwickelter und turbulenter Werdegang, die Frauen konnten nicht eine Angelegenheit nach der andern erledigen, sondern mußten scheinbar Unvereinbares miteinander verzahnen. Eines hing vom andern ab, und eigentlich mußte alles gleichzeitig gemacht werden. Wenigstens einmal stand das Projekt auf der Kippe.

Nun aber können im Haus mit dem Regenbogen Kinder und Jugendliche in schwieriger Lage Rat und Aufnahme finden. Bei unerträglichen familiären Problemen kommen sie hier erst einmal zur Ruhe. Die Betreuung ist in Tagesgruppen und in einer Wohngruppe möglich, in der die Schützlinge des Hauses über einen längeren Zeitraum leben können, ohne gleich in ein Heim gehen zu müssen. Die Mitarbeiter bemühen sich, vorübergehend ein guter Familienersatz zu sein, und suchen gemeinsam mit den jungen Leuten und ihren Eltern nach Auswegen. Ziel ist es, die Kinder nach Möglichkeit mit ihren Eltern auszusöhnen, sie in ein stabiles und erträgliches

Familienleben zu entlassen oder, wenn kein Weg mehr zurückführt, nach anderen Perspektiven für die Zukunft zu suchen. Unter dem Dach des Hauses befindet sich auch eine Einrichtung zur Betreuung behinderter Kinder, deren Familien wenigstens ab und zu entlastet werden und zum Atemholen kommen sollen.

Im »Haus des Kindes« sind neunzehn pädagogisch geschulte Betreuerinnen und sieben technische Mitarbeiter angestellt. Der »Krisen- und Familienentlastende Dienst« Prenzlau ist also Arbeitgeber für sechsundzwanzig Menschen. Das freut die Arbeitsministerin.

Durch diese wunderbare Zusammenarbeit konnten Menschen aus Ost- und Westdeutschland, aus Prenzlau, Koblenz, Schlüchtern und Köln, ein anderes als das von Vorurteilen belastete Bild voneinander gewinnen. Die Ostdeutschen lernten großzügige, uneigennützige, freundliche Helfer kennen, die Westdeutschen zupackende und engagierte Frauen, die – wie man den Ostlern immer wieder predigt – die Ärmel hochgekrempelt haben und sich von Problemen nicht unterkriegen lassen.

Die deutsche Einheit wird vielleicht gelungen sein, wenn einmal nicht mehr nur die Westdeutschen die Gebenden und die Ostdeutschen die Nehmenden sind. Es muß ja nicht unablässig eitel Sonnenschein und ungetrübte Harmonie herrschen. Wenn sich Ost und West nur einigermaßen gut vertragen, sagen wir: wie Berliner und Sachsen, Bayern und Friesen, ist schon eine ganze Menge gewonnen.

Arbeit macht das Leben süß

Das Niederlausitzer Braunkohlenrevier, wo einst die erste Braunkohlenkokerei der Welt stand, gehört zu den ältesten Industrieregionen Deutschlands. Mittendrin liegt die Gemeinde Schwarze Pumpe, die durch ihren merkwürdigen Namen und durch ihr Gaskombinat – Stolz der DDR – eine gewisse Berühmtheit erlangte. In dieser Gegend fand die erste große Nachwende-Katastrophe im Land Brandenburg statt. Während anderswo zunächst dieser und jener Betrieb schließen mußte und die Menschen nach und nach in die ungewohnte Arbeitslosigkeit entlassen wurden, brach in der Niederlausitz sehr bald alles zusammen – die Braunkohlenbrikettierung, die Kraftwerke, die Gießereien, die Schwermaschinen- und die Brückenbaubetriebe, die die Bergbautechnologie geliefert hatten ... Siebzig Prozent der Betriebe – siebzig Prozent! – stellten die Produktion ein. Zwischen 1989 und 1992 nahm die Einwohnerzahl um zehn Prozent ab; wer immer sich jung, tatkräftig und selbstsicher genug fühlte, wanderte aus, um sein Glück anderswo zu suchen. Eine liebliche Gegend ist das Braunkohlenrevier nie gewesen, nun aber erschien die Vorstellung »blühender Landschaften« in jeder Hinsicht völlig absurd.

In Lauchhammer fiel die Zahl von etwa sechzehntausend Arbeitsplätzen, drastisch ausgedrückt, steil gegen Null. Traurig war es auch um die Kunstgießerei, das 1725 gegründete älteste deutsche Unternehmen dieser Art, bestellt. Bedeutende Werke und schöne Gebrauchsgegenstände von Christian Daniel Rauch, Johann Gottfried Schadow und Karl Friedrich Schinkel wurden hier gegossen – der berühmte klassizistische »Berliner Eisenkunstguß« stammte aus Lauchhammer. Auch zu DDR-Zeiten war der Traditionsbetrieb wegen der Kunstfertigkeit und Kunstsinnigkeit der Gießer gefragt. Alle namhaften Bildhauer der DDR ließen in Lauchhammer gießen, die Wartelisten für den Bronzeguß waren lang, Exportaufträge oder »Renommierobjekte« hatten natürlich Vorrang. In der Kunstgießerei entstand sowohl das mehrteilige Wormser Lutherdenkmal als auch das monströse Thälmann-Monument in Berlin. Wenn sie auch ihre eigene Meinung über den zweifelhaften künstlerischen Wert des riesigen Kugelkopfes mit der geballten Faust hatten, so betrachteten die Kunstgießer dieses größte je in Lauchhammer gegossene Objekt doch als Herausforderung ihrer Berufsehre. Lieber freilich wiesen sie die Ergebnisse ihres Fingerspitzengefühls vor, ihre feinen, nuancenreichen, kunstvollen Bronze- und Eisengüsse.

Doch nach der Wende drohte Kunstfertigkeit eine brotlose Kunst zu werden. Öffentliche Aufträge blieben aus, die materielle Situation der Bildhauer verschlechterte sich zusehends. Guter Bronzeguß war schon immer teuer, und wer ums tägliche Brot zu kämpfen hat, muß sich eben mit Gips begnügen. Bis 1991 war die Hälfte der knapp siebzig Mitarbeiter der Kunstgießerei Lauchhammer entlassen. Ein wenig zumindest blieben sie ihrem Beruf verbunden: In mehreren ABM-Projekten richteten sie ein Museum für Tradition und Technik des Kunstgusses ein. Ein sentimentaler Abgesang?

1993 leuchtete ein Silberstreif am Horizont: Die Brüder Rincker, Glockengießer in Hessen mit Ehrfurcht vor altehrwürdigem Handwerk, interessierten sich für den Betrieb, erwarben ihn schließlich von der Treuhand und übernahmen zwanzig Mitarbeiter. Erstmals seit der Zeit zwischen den Weltkriegen werden nun in Lauchhammer auch wieder Glocken gegossen. Über den langjährigen Leiter der Kunstgießerei, Manfred Wermuth, sind die neuen Chefs des Lobes voll: »Was Wissen und Erfahrung in Metallgußtechniken betrifft, kann ihm in Deutschland keiner das Wasser reichen.« Die Brüder Rincker haben zugesagt, die Zahl der Mitarbeiter aufzustocken.

Zwanzig gerettete Arbeitsplätze, eine geplante Erweiterung der Belegschaft und das Wiederaufleben einer besonderen alten Handwerkstradition – das sind Dinge, die eine Arbeitsministerin und Kunstliebhaberin froh machen. Doch Zehntausende von Arbeitsplätzen hat die Niederlausitz verloren. Und andere Regionen, wie jeder weiß, auch. Verhältnisse wie in der Niederlausitz herrschen in Ostdeutschland an allen Ecken und Enden. Die Arbeitslosigkeit ist die verhängnisvollste Folge der Wende.

*

Hätte in der DDR jemand allen Ernstes die altmodische Redensart »Arbeit macht das Leben süß« zum besten gegeben, wäre er zweifellos auf den Spott seiner Kollegen gestoßen. Wahrscheinlich hätten sie den Spruch gleich um seinen landläufig bekannteren zweiten Teil erweitert: »Und Faulheit stärkt die Glieder«. Man hatte einfach Arbeit, das war selbstverständlich, man mußte kein Aufhebens davon machen. Vielen war sie ein wesentlicher Lebensinhalt, ein Bedürfnis; keinem stets und ständig das reine Vergnügen, manchem oft genug ein Grund zum Stöhnen. Dieser und jener hätte sich theoretisch ganz gut vorstellen können, der Knochenmühle, dem Ärger, dem Streß, der nervtötenden Eintönigkeit, der unerträglichen Abteilungsleiterin – und was der üblichen Klagen mehr sind – für eine Weile zu entkommen. In einigermaßen gesicherten Verhältnissen, versteht sich: in der Hängematte liegen, die Seele baumeln lassen und den bösen Chef einen guten Mann sein lassen. Doch was Arbeitslosigkeit, wie wir sie nun kennenlernen, bedeutet, stellte sich niemand vor. Wer heutzutage noch Arbeit hat, und sei er mit ihr auch nicht besonders zufrieden, hütet sich – ein bißchen abergläubisch sind wir ja alle – solche Wunschträume auszusprechen. Er hat gelernt, wie schnell aus Träumen Alpträume werden können. Man treibt nicht mit Entsetzen Scherz.

Grob geschätzt, ist ungefähr die Hälfte der etwa neun Millionen Ostdeutschen, die Ende 1989 in Lohn und Brot standen, aus dem Arbeitsleben verdrängt worden, darunter mehr als eine Million älterer Menschen, die entweder in Rente gingen – in der DDR war es durchaus üblich, auch über das sechzigste und fünfundsechzigste Lebensjahr hinaus zu arbeiten, etwa zwanzig Prozent der Rentner waren weiterhin berufstätig –, oder in Altersübergang und Vorruhestand. Eine ganze Generation ist ein für allemal aus dem Bereich verschwunden, den wir inzwischen »Arbeitsmarkt« zu nennen gelernt haben. Zu dieser Hälfte gehören natürlich auch über eine Million Arbeitslose, darunter inzwischen eine erschrekkend hohe Zahl Langzeitarbeitsloser. Von den Glücklichen, die von Arbeitslosigkeit nicht oder nur kurzzeitig betroffen waren, arbeiten heute die meisten an einem anderen Platz, sehr viele sogar in einem anderen Beruf. Zehn, höchstens zwanzig Prozent der Berufstätigen sind noch an ihren alten Arbeitsplätzen zu finden, die allerdings in ihrer Ausstattung und ihren Ansprüchen an die Qualifikation vielfach kaum wiederzuerkennen sind – was ja nicht unbedingt von Schaden sein muß. So oder so, es hat im Osten eine Umwälzung von ungeheurer Dimension stattgefunden.

Unter diesen Umständen muß der forsche Aufruf an die Ostdeutschen, die Ärmel hochzukrempeln und mit Hauruck ordentlich zuzupacken, wenn denn nicht blanker Zynismus dahintersteckt, zumindest eine schlimme Gedankenlosigkeit genannt werden. Er ist auch längst nicht mehr so oft und so laut zu hören wie in den ersten Jahren nach der Wende. Im Land Brandenburg kommen auf einen von den Arbeitsämtern angebotenen Arbeitsplatz derzeit etwa fünfundzwanzig Bewerber. Jahrelang waren es vierzig! Und das sind nur die registrierten Arbeitslosen; dazu kommen noch die Sozialhilfeempfänger und die »stille Reserve«, zumeist Frauen, die ihr Leben lang berufstätig waren, jetzt schon länger arbeitslos sind und keine Leistungen mehr vom Arbeitsamt erhalten. Wenn ganze Regionen veröden und Massen von Menschen in die Arbeitslosigkeit entlassen werden, kann sich der einzelne nur im Ausnahmefall selbst helfen.

Es ist nur die halbe Wahrheit, daß der Zusammenbruch der Betriebe und die Massenarbeitslosigkeit in Ostdeutschland eine unmittelbare Folge der uneffektiven Planwirtschaft und der schwierigen Anpassung an bundesdeutsche Strukturen sind. Unzulängliche Rahmenbedingungen, neues Mißmanagement, Abzockermentalität vieler »neuer Herren«, sogar bewußtes Herunterwirtschaften ostdeutscher Betriebe, um sie als Konkurrenten auszuschalten, und ungünstige weltwirtschaftliche Entwicklungen haben ebenfalls ihren Anteil an der mißlichen Lage. Und die breitet sich inzwischen auch in den alten Bundesländern aus. Mit einer bundesweiten Arbeitslosenzahl von rund 4,3 Millionen wurde im Februar 1996 ein trauriger Nachkriegsrekord erzielt. Auch in Brandenburg war die Arbeitslosigkeit so groß wie nie zuvor: 207.000, das ist eine Quote von 17,9 Prozent, die vor allem durch den Wegfall der Schlechtwettergeldregelung – wir haben allein fünfundzwanzigtausend arbeitslose Bauarbeiter –, aber auch durch das Zurückfahren von ABM, Fortbildung und Umschulung so außergewöhnlich hoch ausfiel. Gegenüber Februar 1995 wurden die AB-Maßnahmen um ein Drittel, die Fortbildung und Umschulung sogar um die Hälfte reduziert. Die durch Arbeitsbeschaffungsmaßnahmen weiterhin »kaschierte« Arbeitslosigkeit ist in diesen Zahlen noch nicht einmal enthalten. In prosperierenden Regionen der alten Bundesländer, rund um München zum Beispiel, setzt das entgeisterte Wehklagen schon bei fünf oder sechs Prozent ein. Doch wenn sich an der bundesdeutschen Arbeitsmarktpolitik nicht sehr bald Grundsätzliches ändert, wenn Politik, Wirtschaft und Gewerkschaften nicht zu praktikablen Kompromissen finden, dann wird man sich, wie ich fürchte, auch dort noch auf ganz andere Zahlen gefaßt machen müssen.

Die brandenburgische Landesregierung hat den Kampf gegen die Arbeitslosigkeit zu ihrer politischen Schwerpunktaufgabe erklärt. Das wäre natürlich in einem gemeinsamen Land Berlin-Brandenburg aussichtsreicher gewesen, aber nun müssen wir sehen, daß wir aus der Entscheidung der Wähler das Beste machen. Immerhin: Die Senkung der Arbeitslosenquote als oberstes Regierungsziel ist nicht allein Aufgabe der Arbeitsministerin, sondern des ganzen Kabinetts.

Man muß das scheinbar Unmögliche wollen, um das Mögliche zu erreichen. Die 1992 nach ausführlicher Diskussion durch die Bürger angenommene Verfassung des Landes Brandenburg ist eine der wenigen in der Bundesrepublik, in der folgender Grundsatz verankert ist: »Das Land ist verpflichtet, im Rahmen seiner Kräfte durch eine Politik der Vollbeschäftigung und Arbeitsförderung für die Verwirklichung des Rechtes auf Arbeit zu sorgen, welches das Recht jedes einzelnen umfaßt, seinen Lebensunterhalt durch frei gewählte Arbeit zu verdienen.« Natürlich kann ein solcher Satz in einer Verfassung nicht jedem Bürger einen Arbeitsplatz garantieren, aber er bildet seit 1992 den Rahmen für das politische Handeln einer jeden Brandenburger Regierung. An diesem Satz müssen wir uns messen lassen. Die Brandenburger, die für ihre Verfassung gestimmt haben, würden ihn gern auch im Grundgesetz sehen – als Verpflichtung der politisch Handelnden für die ganze Bundesrepublik. Aber dafür gibt es in Bonn bedauerlicherweise noch keine Mehrheit.

Mir wird häufig vorgeworfen, ich konzentrierte mich zu stark auf den zweiten Arbeitsmarkt. In der Tat legen wir in Brandenburg viel Wert darauf, durch Arbeitsförderungsmaßnahmen möglichst viele Menschen ohne festen Arbeitsplatz bei der Stange zu halten und gleichzeitig wichtige öffentliche Aufgaben wahrzunehmen – vor allem beim Aufbau einer stabilen Infrastruktur und eines leistungsfähigen Dienstleistungsnetzes im weitesten Sinne. Von den Arbeitslosen heißt es salopp, sie lägen auf der Straße. Aber auch die Arbeit liegt auf der Straße, und sie bleibt dort liegen, wenn nicht beide Potentiale zusammengebracht werden. Angebot und Nachfrage werden nicht allein durch den Markt geregelt, vor allem nicht im öffentlichen Bereich. Förderung und Begleitung sind notwendig, wenn die Entwicklung auf dem Arbeitsmarkt eine erfreuliche Richtung einschlagen und zugleich drängende Probleme der Kommunen gelöst werden sollen.

In der ersten Zeit nach der Wende wurden ABM- und Qualifizierungsangebote mit Begeisterung angenommen, sie waren mehr als ein Strohhalm, an den sich die Arbeitslosen klammerten – sie waren eine große Hoffnung. Doch der mit viel Engagement, Aufwand und Geld in Angriff genommene Bau einer beschäftigungspolitischen Brücke, die in bessere Zeiten hinüberführen sollte, hat sein wichtigstes Ziel nicht erreicht. Die wirtschaftliche Entwicklung ist nicht schnell genug vorangekommen, die Lage auf dem Arbeitsmarkt hat sich nicht stabilisiert; die Brücke reicht nicht bis ans andere Ufer, sie schwebt unvollendet irgendwo über dem Abgrund und wird von provisorischen Pfeilern gestützt. Die meisten ABM-Stellen lassen sich nicht in feste Arbeitsplätze verwandeln. Die Begeisterung ist vielerorts in Enttäuschung umgeschlagen, das Engagement in Müdigkeit.

Wenn ich früher ABM-Projekte besuchte, freute ich mich über den Elan, den Einfallsreichtum und den Optimismus der Menschen, die dort für ein oder zwei Jahre arbeiteten. Jetzt sehe ich oft schon nach dem ersten Vierteljahr lange Gesichter. Kaum ist das Projekt gestartet, denken die Beschäftigten bereits ans bittere Ende, und das wirkt sich natürlich nicht gerade förderlich auf die Einsatzfreude und den Arbeitseifer aus.

»Wir machen das nicht mehr lange mit«, höre ich immer häufiger, »ABM, Arbeitslosigkeit, Umschulung, Arbeitslosigkeit, ABM, Arbeitslosigkeit, Fortbildung, Arbeitslosigkeit ... Nichts als Unruhe, keine Kontinuität in der Arbeit, und am Ende stehen wir immer wieder da, wo wir am Anfang standen.«

Solcher Fatalismus kann mich auf die Palme bringen. Nicht nur, weil während oder nach ABM oder Qualifizierung eben doch die Möglichkeit besteht, einen festen Arbeitsplatz zu bekommen, wenn man – vielleicht in einem Betriebspraktikum – seine Fähigkeiten überzeugend unter Beweis stellen kann. Ich habe auch stets streitbar meine Überzeugung vertreten, daß Arbeitsförderung nicht nur dann einen Zweck erfüllt, wenn sie in eine feste Anstellung mündet. Und der Zweck, den ich meine, ist nicht die Beschönigung unserer Arbeitslosenstatistik. Natürlich wäre ich glücklich, wenn alle Arbeitslosen ihren Platz am sogenannten ersten Arbeitsmarkt fänden. Dennoch ist auch Arbeitsförderung über ein, zwei oder drei Jahre nicht ohne Sinn. Man muß auch aus begrenzten Möglichkeiten das Beste machen, wenn man keine unbegrenzten Möglichkeiten hat. Eine akzeptable Alternative dazu gibt es doch gar nicht. Ist es denn nicht besser, unter Menschen zu sein, gemeinsam mit anderen eine interessante, nützliche Aufgabe zu erfüllen oder seine Ausbildung zu vervollkommnen, sein Selbstvertrauen zu stärken und Anschluß zu halten, als den ganzen Tag lang zu Hause vor dem Fernsehapparat zu sitzen, auf ein Wunder oder auf die Rente zu warten?

Selbstvertrauen ist eine der wichtigsten Voraussetzungen für den Erfolg auf dem Arbeitsmarkt. Der Verlust sozialer Beziehungen, die Vereinsamung und Verbitterung gehören für mich zu den schlimmsten Folgen langandauernder Arbeitslosigkeit. Es gibt so viele sinnvolle Aufgaben im kommunalen, sozialen, kulturellen Bereich – warum soll man sich ihrer nicht wenigstens für jeweils ein oder zwei Jahre annehmen, noch dazu, wenn das Arbeitsamt solche Tätigkeit bezahlt? Warum soll man keinen Spaß bei dieser Arbeit haben, auch wenn sie am Ende mit einiger Wahrscheinlichkeit zurück in die Arbeitslosigkeit führt?

Hin und wieder gelingen sogar Unternehmensgründungen aus ABM oder aus der Arbeitslosigkeit heraus. Ich fordere die Brandenburger immer wieder zu Überlegungen auf, wie sie durch private Initiative ihre Situation verbessern könnten. Sie müssen ja nicht gleich ein neues Stahlwerk eröffnen. Am besten stehen die Chancen im Dienstleistungssektor. Leute mit überzeugenden, zukunftsträchtigen Ideen können sich der Unterstützung des Arbeitsministeriums mit gutem Rat und Fördermitteln sicher sein. Sie sollten allerdings nicht nur genau wissen, was sie wollen, sondern sich auch einem nicht zu unterschätzenden bürokratischen Aufwand gewachsen fühlen. Das ist, nebenbei gesagt, auch eine Erfahrung, die die neuen Bundesbürger zutiefst erstaunt hat: daß die seinerzeit in der DDR allenthalben bespöttelte und beklagte Bürokratie vom Verwaltungsaufwand in bundesdeutschen Ämtern weit in den Schatten gestellt wird. Zugegeben, eine Medaille mit zwei Seiten: Einerseits beugt penible Prüfung der Verteilung von Zuwendungen mit der Gießkanne oder gar Betrug vor, andererseits kann die Bürokratie auch groteske Züge annehmen und selbst Menschen mit eisernen Nerven in die Flucht schlagen. Einen vernünftigen Mittelweg zu finden und es allen einigermaßen recht zu machen, ist ziemlich kompliziert. Aber darum soll es hier gar nicht gehen.

Lieber möchte ich von drei Fällen erzählen, in denen Brandenburger Frauen Initiative, Einfallsreichtum, Mut und Geduld bewiesen haben, die sich jetzt auszuzahlen beginnen.

Die Ortschaft Petkus liegt nahe bei Jüterbog. Dort übernahmen Frauen, die zu DDR-Zeiten in – unterdessen längst aufgelösten – landwirtschaftlichen und gärtnerischen Produktionsgenossenschaften gearbeitet hatten, ein brachliegendes Gärtnereigelände. Mit Fördermitteln des Landes schufen sie die baulichen und materiellen Voraussetzungen, um Gewürze und Kräuter zu ziehen, zu verarbeiten und zu verkaufen. Sie besinnen sich auf traditionelle Techniken, brennen Kräuterschnäpse nach alten Rezepten, stellen Heilkräutersalben und duftende Essenzen her. Der kleine Betrieb beschäftigt mehrere Frauen um die Fünfzig, und das Schönste daran: Er trägt sich bereits selbst. Die tatkräftige Chefin, ebenfalls eine Frau über Fünfzig, wurde vor kurzem mit dem Bundesverdienstkreuz geehrt.

Die Baumschule Kränzlin bei Neuruppin ist das erfreuliche Ergebnis der Ausschreibung eines Gründerpreises für Frauenprojekte. Zwei Jahre ABM wurden gründlich genutzt, um den Boden einer ehemaligen LPG vorzubereiten, Mitarbeiterinnen zu qualifizieren, Setzlinge zu ziehen und ein Konzept für den Weg in die Selbständigkeit auszufeilen. Mit hundertfünfzigtausend Mark Starthilfe aus Landesmitteln gelang die Vorbereitung der Ausgründung eines selbständigen Unternehmens durch eine jüngere Mitarbeiterin. Die meisten der etwa fünfzehn Beschäftigten sind über fünfzig Jahre alt. In enger Zusammenarbeit mit forstwirtschaftlichen Betrieben ziehen sie Alleebäume und andere typische Gewächse, die die Landschaft der Mark Brandenburg von alters her prägen.

Unser brandenburgisches »Renommierobjekt« ist die YoYo Kid GmbH & Co. KG, ein Betrieb, der ökologische Kinderkleidung produziert. Eine vom Arbeitsministerium in Auftrag gegebene Analyse hatte Textilien aus ökologisch einwandfreien Naturfasern gute Chancen auf dem Markt bescheinigt. Das Projekt YoYo Kid wurde im Frühjahr 1993 in der Kleinstadt Zehdenick gestartet, in der es zu DDR-Zeiten einen Konfektionsbetrieb mit dreihundert Arbeitsplätzen gegeben hatte. Gerade die ostdeutsche Textilindustrie ist von der Wende besonders gebeutelt worden, Tausende von Näherinnen und Zuschneiderinnen sind arbeitslos. Allein aus Zehdenick und Umgebung meldeten zweihundert Frauen Interesse an einer Mitarbeit an. Mit einundvierzig Teilnehmerinnen begann schließlich ein einjähriges ABM-Modellprojekt, finanziert aus Mitteln des Brandenburger Arbeitsministeriums, des Europäischen Sozialfonds und der Bundesanstalt für Arbeit.

Ausgewählt wurden vor allem Bewerberinnen, deren Chancen auf dem Arbeitsmarkt besonders schlecht standen: Frauen über Fünfundvierzig, alleinerziehende Mütter, sehr junge Frauen mit wenig Berufserfahrung. Voraussetzung für alle war eine Identifizierung mit der Projektidee und der »Öko-Philosophie«, die vielen zuerst recht fremd erschien. »Eine merkwürdige Idee«, war da zu hören, »so was kann bloß aus dem Westen kommen. Aber gut, Hauptsache Arbeit.«

Aus dem Osten und aus dem Westen – aus Zehdenick und aus West-Berlin – kamen übrigens die beiden Projektleiterinnen. In verschiedenen Gruppen wurden die einundvierzig Frauen für Aufgaben in der Produktion, im Marketing und Management ausgebildet, so daß sich schon in der Vorbereitungsphase betriebliche Strukturen herauszubilden vermochten und Produktionsabläufe simuliert werden konnten. Nach einem halben Jahr begann eine Gruppe, aus der später die vier Inhaberinnen der Firma hervorgingen, ein Gründungs- und Marketingkonzept zu erarbeiten. Sie traf sich grundsätzlich nach Feierabend, damit die Frauen ihre Ausdauer, die Stärke ihrer Motivation und den Rückhalt in ihren Familien prüfen konnten. In der Selbständigkeit, das wurde mancher jetzt erst klar, würde es keinen Achtstundentag und keine Garantie für freie Wochenenden geben.

Mit eigenen Ersparnissen, persönlichen Darlehen von Familien und Freunden und einer Finanzierung aus dem »Brandenburgischen Kreditprogramm für erwerbswirtschaftliche Beschäftigungsinitiativen« - siebzig Banken beschieden die Bitte um einen Kredit abschlägig - gründeten die vier Jungunternehmerinnen im März 1994 die YoYo Kid GmbH, nachdem sie ihre Ehemänner überzeugt hatten, daß sie gemeinsam mit ihnen für den Kredit haften müßten. Für ihre sechs Mitarbeiterinnen, allesamt aus dem ABM-Projekt hervorgegangen, erhielten die Unternehmensgründerinnen zunächst Lohnkostenzuschüsse aus unseren Förderprogrammen für Frauen über fünfzig und Jugendliche unter siebenundzwanzig Jahren.

Aus einem zeitlich befristeten Projekt ist eine Aufgabe fürs Leben, aus arbeitslosen Frauen sind selbständige Unternehmerinnen geworden. Trotz der »Treibhausbedingungen«, unter denen das Projekt zunächst gedieh, mußten sie einen bewundernswerten Mut zum Risiko aufbringen. »Wir wollen allen zeigen, was Frauen aus dem Osten auf die Beine stellen können«, haben sie sich geschworen. Wenigstens die sechste Saison, so heißt es in der Textilbranche, müsse man abwarten, ehe man über Erfolg oder Mißerfolg einer Neugründung urteilen könne. Bisher jedenfalls mangelt es nicht an Aufträgen; es läuft gut mit YoYo Kid.

Leider kann nicht jeder, der sich mit einer tragfähigen Idee selbständig machen und obendrein Arbeitsplätze schaffen will, mit soviel Aufmerksamkeit, gutem Rat und hilfreicher Tat auf seinem schwierigen Weg begleitet werden. Dennoch werden immer neue Projekte ähnlicher Art gestartet. Seit Anfang 1996 gibt es in Brandenburg eine Existenzgründungsinitiative, bei der bis zu hundert Arbeitsplätze entstehen sollen. Nach einem schwedischen Modell, finanziert vom Land Brandenburg und der Europäischen Union, bauen Arbeitslose unter Anleitung erfahrener Manager eigene Unternehmen auf.

Die Hälfte der Brandenburger Mittel zur Arbeitsförderung fließt – zum Beispiel in Form von Lohnkostenzuschüssen bei fester Einstellung von Arbeitslosen, von Zuschüssen für Qualifizierungsmaßnahmen in kleinen und mittleren Unternehmen oder von Prämien für die Ausbildung von Lehrlingen – direkt in die Unternehmen, in der Hoffnung, daß dort mit unserer Unterstützung bereits vorhandene Arbeitsplätze stabilisiert oder neue geschaffen werden. Wir bemühen uns, unsere Etats für die Arbeits- und Wirtschaftsförderung so zu verwenden, daß das Land Brandenburg – und zwar nicht nur das Umfeld von Berlin, sondern gerade die entlegenen Regionen, die viel schlimmer dran sind, wie der Fall Niederlausitz zeigt – für Investoren attraktiv wird. Zum Beispiel, indem wir in Zukunftstechnologien investieren. Aus solchen Gründen ist Brandenburg unter den neuen Bundesländern das Land mit der höchsten Verschuldung – aber trotz allem auch das mit der zweitniedrigsten Arbeitslosenquote.

Unser Motto heißt »Arbeit statt Arbeitslosigkeit finanzieren«. Wirklich effektiv kann das aber kein Bundesland im Alleingang schaffen, denn die Rahmenbedingungen werden vom Bund bestimmt. Der Haushalt der Bundesanstalt für Arbeit beträgt etwa hundert Milliarden Mark im Jahr, von denen über siebzig Prozent für passive Leistungen statt für aktive Arbeitsmarktpolitik ausgegeben werden, also für die Sicherung der »nackten Existenz« durch Arbeitslosengeld, Arbeitslosenhilfe, Kurzarbeitergeld. Und das halte ich für grundsätzlich falsch. Wie oft höre ich den Aufschrei: »Wer soll denn eure immense Arbeitsförderung bezahlen?« Ich halte dem entgegen, daß Finanzierung der Arbeitslosigkeit, wie sie gang und gäbe ist, uns alle viel teurer zu stehen kommt. Gutachten der Bundesanstalt für Arbeit haben wiederholt bewiesen, daß auf Dauer die öffentliche Finanzierung von Arbeit billiger ist als die Finanzierung von Arbeitslosigkeit. Es sind ja nicht nur die Milliarden an Arbeitslosengeld und Arbeitslosenhilfe, die uns zu schaffen machen, es sind auch die Folgekosten im Gesundheits- und Sozialbereich. Es wird enorm viel Geld ausgegeben, um mehr schlecht als recht das Kind zu verarzten, das schon im Brunnen liegt, nicht aber, um es vor dem tiefen Fall zu bewahren.

In Thüringen, so hörte ich, wurde vor einiger Zeit eine »Wendeklinik« eröffnet, in der Menschen behandelt werden, die mit den neuen Bedingungen, unter denen die Ostdeutschen nun leben, nicht zurechtkommen. Ich vermute, daß die meisten der Patienten an Depressionen und an psychosomatischen Erkrankungen leiden und daß unter allen Problemen, mit denen sie nicht fertig werden, die Arbeitslosigkeit das größte ist. Nicht nur materielle Einschränkungen, nicht nur die Angst, irgendwann in Armut zu versinken, machen ihnen zu schaffen, sondern auch die Entwurzelung, die Tatsache, daß mit dem Verlust der regelmäßigen Arbeit auch zwischenmenschliche Kontakte und Möglichkeiten der Kommunikation sterben. Am schlimmsten ist das Gefühl, nicht mehr gebraucht zu werden. Mit diesen Begleiterscheinungen der Arbeitslosigkeit plagt man sich im Westen seit Jahrzehnten herum. Im Osten aber treten sie gleich massenhaft auf. Und was sich vielleicht am verheerendsten auf das seelische Gleichgewicht auswirkt: Die Menschen waren nicht im mindesten darauf vorbereitet. Vor allem Langzeitarbeitslose sind von Gemütskrankheiten, Alkoholmißbrauch und Drogensucht bedroht. Niemand behauptet, daß einer, der Arbeit hat, nicht auch zum Trinker werden kann, doch die Statistiken zeigen – und keiner wundert sich darüber –, daß Langzeitarbeitslose in viel höherem Maße gefährdet sind als Menschen in einem intakten Arbeitsumfeld, in dem sie Anerkennung für ihre Leistung finden, und in der Geborgenheit der Familie. Gerade die Familien aber sind starken Belastungen ausgesetzt, und nicht wenige zerbrechen daran. Am meisten leiden die Kinder unter den Spannungen, und leider auch unter unkontrollierten Gewaltausbrüchen der Eltern. In schlimmen Fällen landen sie im Heim, in den schlimmsten auf der Straße. Benachteiligt von jungen Jahren an sind sie auf jeden Fall.

Die Einrichtungen von »Wendekliniken« halte ich für keine besonders gute Idee. Auf Patienten, die mit einschneidenden Veränderungen in ihrem Leben nicht zurechtkommen, ist das Gesundheitswesen mit vielfältiger fachärztlicher Betreuung ohnehin eingerichtet. Dringend notwendig ist es dagegen, wirksam gegen die wesentlichen Ursachen der »Wendekrankheit« vorzugehen.

Der Entwurf eines Arbeits- und Strukturförderungsgesetzes, den die SPD-Fraktion in den Bundestag eingebracht hat, sieht vor, daß mindestens fünfzig Prozent der Mittel, die der Bundesanstalt für Arbeit zur Verfügung stehen, für aktive Arbeitsmarktpolitik ausgegeben werden sollen.

*

Für das Vordringlichste aber halte ich eine andere Verteilung der Arbeit.

1995 wurden in der Bundesrepublik Deutschland so viele Überstunden geleistet, daß – nach zwei unterschiedlichen Berechnungen – zusätzlich 1,2 Millionen oder sogar 1,7 Millionen Menschen rein rechnerisch das ganze Jahr über Beschäftigung gehabt hätten, wenn auf Überstunden verzichtet worden wäre. Nun können sicherlich nicht alle Überstunden vermieden werden, aber eine Reduzierung um fünfzig Prozent liegt durchaus im Bereich des Möglichen. Entsprechende Regelungen müssen von beiden Tarifparteien getroffen werden, und ich verstehe die Welt nicht mehr, wenn in der derzeit überaus kritischen Lage, aus der es keine einfachen Auswege gibt, sich die Unternehmensverbände immer noch mit Händen und Füßen gegen konstruktive Vorschläge der Gewerkschaften sträuben.

Aber mit dem Wegfall von Überstunden allein wäre das Problem noch längst nicht gelöst. Notwendig ist eine neue Verteilung der »normalen« Arbeitszeit. Die einfache Formel fünfzehn Prozent Arbeitszeitverkürzung für alle, die in Lohn und Brot stehen, beseitigt fünfzehn Prozent Arbeitslosigkeit – und schon könnte jeder seinen Lebensunterhalt selbst verdienen –, ist natürlich eine Milchmädchenrechnung, weil die Arbeitslosenstruktur und -qualifikation dem Bedarf nicht adäquat entspricht. Aber sie weist in die richtige Richtung.

Vor einiger Zeit bereits haben es die Volkswagenwerke mit einem in die Praxis umgesetzten Modell der Arbeitszeitverkürzung vorgemacht: Durch die Einführung der Viertagewoche ohne vollen Ausgleich der Einkommensverluste konnte auf längere Sicht die Entlassung von über dreißigtausend Mitarbeitern verhindert werden. Das geht, wenn alle es wirklich wollen und nicht nur immer von ihrem guten Willen reden, ohne zu Kompromissen bereit zu sein.

In Brandenburg haben wir vor einigen Jahren eine Übereinkunft zwischen dem Land und der Lehrergewerkschaft erzielt, die ziemliches Aufsehen erregte: Statt fünftausendsechshundert Lehrer in die Arbeitslosigkeit zu verabschieden, erklärten sich alle Lehrer bereit, für achtzig Prozent ihrer bisherigen Bezüge zwanzig Prozent weniger Unterricht zu erteilen. Achtzig Prozent des damaligen Ostgehalts waren vierundsechzig Prozent des Einkommens der Lehrer in den westlichen Bundesländern. Jetzt beginnt sich in den Schulen auszuwirken, daß die Geburtenzahlen nach der Wende um zwei Drittel zurückgingen. Auf einmal gibt es viel zu wenig Kinder und demzufolge zu viele Lehrer. Mit etwa neuntausend Lehrern in Brandenburg konnte 1995 eine Vereinbarung geschlossen werden, die sechzig Prozent Lohn bei sechzig Prozent Arbeitszeit beinhaltet und dafür einen Kündigungsschutz vorsieht. Soviel Vernunft und Solidarität soll den Brandenburgern erst mal einer nachmachen.

Freilich sind Lösungen, die so einfach aussehen, aber viel Einsicht in schmerzhafte Notwendigkeiten erfordern, nicht überall möglich. Eine alleinstehende junge Mutter, die als Erzieherin in einer Kindertagesstätte arbeitet, kann mit achtzig Prozent ihres ohnehin schon schmalen Gehalts sich und ihr Kind nicht angemessen über die Runden bringen. Und wenn einer Chemikantin, wie die Chemielaborantinnen jetzt heißen, wöchentlich eine bezahlte Schicht gestrichen würde, um Arbeit gerechter zu verteilen und Entlassungen zu vermeiden, geriete sie mit ihrem Lohn schnell unter den Sozialhilfesatz. Für solche Fälle müßten Teilzeitlohnausgleiche ausgehandelt werden.

In einem Modellfall in der chemischen Industrie Brandenburgs hatten wir, um die Entlassung von Chemikantinnen zu verhindern, einen Kompromiß ausgehandelt, bei dem für neunundsiebzig Prozent der bisherigen Arbeitszeit dreiundneunzig Prozent Lohn gezahlt werden sollen. Dazu sind allerdings gesetzliche Rahmenbedingungen nötig, die Brandenburg gemeinsam mit anderen SPD-regierten Ländern im Teilzeitförderungsgesetz formuliert hat. Im Mai 1995 wurde es in den Bundesrat eingebracht: Zur Verhinderung von Arbeitslosigkeit soll durch Teilzeitlohnausgleich und Aufstockung der Beiträge zur Renten- und Arbeitslosenversicherung eine finanzielle Regelung für Teilzeitarbeit erreicht werden, mit der die Betroffenen leben können.

Für solche Lösungen ist kein Wunder nötig, sondern nur der vernünftige Einsatz vorhandener Mittel: Die unproduktiven Gelder für Arbeitslosenunterstützung und Arbeitslosenhilfe wären in Lohnkostenzuschüssen zur Verhinderung von Arbeitslosigkeit oder sogar zur Schaffung neuer Arbeitsplätze bestens angelegt.

Die IG Metall hat Anfang 1996 ein Signal gesetzt. Mit einem »Bündnis für Arbeit – Ost«, das Arbeitszeitverkürzung bei teilweisem Lohnausgleich vorsieht, will sie in den neuen

Bundesländern dreiunddreißigtausend Arbeitsplätze schaffen. Der Vorschlag: Ab 1. Januar 1997 wird die wöchentliche Arbeitszeit der dreihundertachtzigtausend Beschäftigten der ostdeutschen Metall- und Elektroindustrie um drei auf fünfunddreißig Stunden verkürzt. Für die erste Stunde verzichtet der Arbeitnehmer auf seinen Lohn. Die zweite Stunde wird durch die Bundesanstalt für Arbeit ausgeglichen – eine nach Berechnungen der Gewerkschaft zusätzliche Ausgabe von über fünfhundert Millionen Mark, der aber Einsparungen an Arbeitslosengeld und Sozialhilfe von ungefähr einer Milliarde gegenüberstehen. Die dritte Stunde schließlich sollen die Arbeitgeber bezahlen, denen dafür keine Kosten aus Sozialplänen bei Entlassungen entstünden. Die Arbeitnehmer haben also ihre Bereitschaft bekundet, ihr Päckchen zu tragen, obwohl sich gewiß niemand leichtherzig entschließt, auf einen Teil seines Einkommens zu verzichten. Da wirkt nicht nur das Unbehagen gegenüber der mit Lohnausfall verbundenen Arbeitszeitverkürzung; viele Arbeitnehmer sind auch gar nicht abgeneigt, Überstunden zu leisten – da sind Kredite abzuzahlen, das Häuschen soll fertig werden, das Bad verlangt jetzt, da es die früher so raren Fliesen endlich in Hülle und Fülle gibt, nach Renovierung, und verreisen will man auch, nachdem man vierzig Jahre lang von fernen Ländern nur träumen konnte.

Vor ein paar Jahren noch ist in einem Brandenburger Chemieunternehmen ein Versuch zur Rettung von Arbeitsplätzen durch Arbeitszeitverkürzung gescheitert: Alle Mitarbeiter einer spezialisierten Produktionsstrecke sollten sich bei knapp achtzig Prozent ihrer Arbeitszeit mit dreiundneunzig Prozent ihrer bisherigen Bezüge begnügen, um angekündigte Entlassungen zu verhindern. Zuerst waren alle einverstanden.

Als aber die Namen, die auf der Entlassungsliste standen, bekannt wurden, kam bei einer Abstimmung der Belegschaft die notwendige Dreiviertelmehrheit nicht mehr zustande: Die Arbeiter mit den vorerst sicheren Arbeitsplätzen ließen ihre Kollegen für sieben Prozent mehr Lohn im Stich.

Mehr und mehr aber setzt sich das Bewußtsein durch, daß sich ohne Bereitschaft zum Teilen auf Dauer niemand mehr seines Arbeitsplatzes sicher sein kann. Und daß – alles was recht ist! – der Nachbar auch leben muß. Der Vorschlag der Gewerkschaft liegt auf dem Tisch. Der oft zitierte Gemeinsinn der Ostdeutschen könnte sich jetzt beweisen.

In der Eberswalder Fleischfabrik, aus der die zu DDR-Zeiten als »Bückware« unterm Ladentisch gehandelten und noch heute sehr beliebten »Eberswalder Würstchen« kommen, hat der gute Wille aller Beteiligten bereits Wirkung gezeigt – hundertdreißig Arbeitsplätze wurden gerettet. Die Beschäftigten erklärten sich einverstanden, pro Woche zwei Stunden weniger zu arbeiten und sich mit einem der Inflationsrate entsprechenden geringen Lohnausgleich zufriedenzugeben; das Unternehmen verpflichtete sich, auf Entlassungen zu verzichten.

Andere europäische Länder machen uns vor, wie Arbeitszeit gerechter verteilt werden kann. In den Niederlanden, zum Beispiel, sind die Teilzeitquoten wesentlich höher als in Deutschland. Im übrigen bedeutet weniger zu arbeiten nicht nur, weniger zu verdienen, sondern auch, wertvolle Freizeit zu gewinnen. Für den aber, der verzweifelt und vergebens Arbeit sucht, verliert die Freizeit ihren Sinn.

*

Früher spielte es im Berufsleben der Ostdeutschen keine Rolle, ob einer vierzig, fünfzig oder fünfundfünfzig Jahre alt war. Jeder, der arbeiten konnte und wollte – und bei denen, die partout nicht wollten, wurde gern ein wenig nachgeholfen –, hatte seine Arbeit. Die Männer bis zum fünfundsechzigsten, die Frauen bis zum sechzigsten Geburtstag, und viele auch darüber hinaus. Zwanzig Prozent der Rentner blieben im Beruf, ihre Erfahrung war gefragt.

Und plötzlich haben wir sie – die »jungen Alten«: Menschen über Vierzig, deren Chancen auf dem Arbeitsmarkt schlecht stehen, weil sie »zu alt« sind. Von den über fünfundfünfzigjährigen Ostdeutschen sind heute gerade mal noch acht Prozent in Lohn und Brot. Als eine vom Jahrgang '41, das rufe ich mir immer mal wieder in Erinnerung, würde ich als Arbeitslose selbst zu den Chancenlosen gehören. Ein merkwürdiger Gedanke, an den ich mich nicht gewöhnen kann. Genauso geht es den meisten Menschen meiner Generation. Sie sind nicht mit fliegenden Fahnen in den Vorruhestand gewechselt, sondern haben in den sauren Apfel gebissen, weil das noch die günstigste Möglichkeit war, die Jahre bis zur Rente zu überbrücken. Neuerdings erhebt sich nun ein Geschrei darüber, daß die vielen Vorruheständler die Rentenkassen »plündern«.

Die Altersteilzeitarbeit, die jetzt zur Diskussion steht, wird von der SPD schon seit langem vorgeschlagen. Und zwar nicht nur zur Entlastung öffentlicher Kassen, sondern weil es einfach eine Schande ist, daß tatkräftige und leistungsfähige ältere Menschen zum »alten Eisen« geworfen werden. Auch hier gilt: Arbeit statt Arbeitslosigkeit finanzieren. Menschen ab Fünfundfünfzig sollen die Möglichkeit erhalten, halbtags zu arbeiten. Für die zweite Hälfte des

Tages bekämen sie zum Ausgleich ein Altersteilzeitgeld, so daß ihr Einkommen bei etwa fünfundsiebzig Prozent der bisherigen Bezüge läge. Sie könnten sich allmählich auf einen aktiven Ruhestand vorbereiten, sich den Enkeln, einem Ehrenamt oder einem Hobby widmen, und der halbe Arbeitsplatz würde frei für Jüngere.

Vor längerem schon haben wir in Brandenburg Programme für ältere Arbeitslose wie »45 plus« und »50 plus« aufgelegt, die es uns erlauben, Betrieben, die Arbeitslose über Fünfundvierzig oder Fünfzig einstellen, Lohnkostenzuschüsse zu zahlen. Solche Regelungen haben allerdings oft zu unerwünschten »Mitnahmeeffekten« geführt: Arbeitgeber, die eine fünfzigjährige Frau ohnehin einstellen wollten, beantragten und bekamen die Fördermittel genauso wie diejenigen, die wirklich einen zusätzlichen Arbeitsplatz bereitstellten. Jetzt gehen wir dazu über, solche Zuschüsse stärker an speziell geförderte Projekte zu binden. Zum Beispiel an Arbeitsförderungsgesellschaften oder an die »Akademie zweite Lebenshälfte«, von der ich hier besonders gern erzählen möchte.

Die vom Ministerium für Arbeit, Soziales, Gesundheit und Frauen und vom Europäischen Sozialfonds finanzierte Einrichtung, die inzwischen Stützpunkte in verschiedenen Teilen Brandenburgs hat, will Arbeitslosen in der zweiten Lebenshälfte und Vorruheständlern Hilfe zur Selbsthilfe geben. Menschen, die über längere Zeit aus dem Arbeitsmarkt ausgegrenzt waren, sollen sich aus ihrer Isolierung lösen, sinnvolle Tätigkeiten übernehmen, sich anspruchsvollen Lernprozessen stellen, selbstsicherer werden und, wo immer es geht, noch einmal einen Arbeitsplatz finden.

Viele Arbeitslose zwischen Vierzig und Sechzig suchen, um die neue Lebenssituation zu meistern, bewußt den Weg zu

Altersgenossen in gleicher Lage, sie wollen aktiv sein, neue Freundschaften schließen, sich weiterbilden und ihre Chancen auf dem Arbeitsmarkt ausloten und verbessern. Sie kommen aus den verschiedensten Berufen, aus Industrie und Landwirtschaft, sind Facharbeiter oder Akademiker, in der Mehrheit Frauen. Der »typische« Teilnehmer, so sagt die Statistik, ist älter als fünfzig Jahre, weiblich und besitzt einen Facharbeiterabschluß. Vor allem in ländlichen Gebieten aber, wo immer noch Arbeitsplätze verlorengehen und kaum neue entstehen, weist die Statistik von Mal zu Mal ständig jüngere Jahrgänge von Interessierten aus. Es ist traurig, wenn man von Vierzigjährigen hören muß, daß sie ihre Eltern beneiden: »Ihr bekommt wenigstens schon Rente und habt das Schlimmste hinter euch.« Das Schlimmste – das ist die Ungewißheit, wie weit es noch bergab gehen kann. Die Hoffnung auf ein Bergauf haben viele längst verloren.

Wer lange allein zu Hause gesessen hat, dem fällt der Kontakt zu fremden Menschen oft schwer. Manche, die jetzt zu den aktivsten Mitgliedern gehören, wurden von früheren Kollegen, von Nachbarn, Freunden oder Verwandten an die Hand genommen und an die Akademie herangeführt. Von September 1992 bis Juni 1995 haben über eintausendsiebenhundert Menschen Angebote der »Akademie zweite Lebenshälfte« wahrgenommen. Fast drei Viertel der Teilnehmer bestätigen, daß die Akademie ihr Selbstwertgefühl gestärkt habe. Sie nehmen an Grundkursen wie »Psychologie im Alltag«, »Recht im Alltag« oder »Umgang mit dem Computer« teil, an Spezialkursen wie »Buchhaltung«, »Hauskrankenpflege« oder »Erwerbsmöglichkeien im Tourismus«, die ihre Chancen für den Wiedereinstieg ins Berufsleben erhöhen, sie besuchen Kommunikations- und Rhetorikschulen, Gespräche mit Politikern und Vorträge zu historischen, sozialen, kulturellen oder gesundheitlichen Themen, sie feiern und verreisen zusammen und gründen Hobbygruppen.

Zu den Hauptaufgaben der »Akademie zweite Lebenshälfte« gehören arbeitsmarktpolitische Aktivitäten. Die Mitarbeiter halten Kontakt zu ABM-Trägern und Unternehmen, informieren über Möglichkeiten, Fördermittel für ältere Arbeitnehmer in Anspruch zu nehmen. Von den 869 Teilnehmern zwischen August 1993 und Dezember 1994 haben immerhin 128 eine ABM-Stelle und fünfundachtzig sogar eine feste Anstellung gefunden, drei nahmen eine selbständige Tätigkeit auf.

Aber es geht nicht allein um die Wiedereingliederung in das Berufsleben. In der »Akademie zweite Lebenshälfte« wird den Leuten kein blauer Dunst vorgemacht, niemand will ihnen einreden, daß reifere Jahrgänge auf dem Arbeitsmarkt besonders gefragt seien. In der Öffentlichkeit, so sie die Probleme der »jungen Alten« überhaupt zur Kenntnis nimmt, wird zumeist nur nach deren materieller Absicherung gefragt. Wir wollen uns nichts vormachen, viele von ihnen werden sich damit abzufinden haben, über Jahre und Jahrzehnte mit Arbeitslosen- oder Sozialhilfe auskommen zu müssen. Doch wie groß oder klein die Bezüge auch sein mögen, man hat immer verschiedene Möglichkeiten, sein Leben zu gestalten. Man kann als Empfänger von Arbeitslosenhilfe oder Vorruhestandsgeld verbittert zu Hause sitzen, sich überflüssig fühlen und sich selbst allmählich ins Abseits stellen. Man kann sich aber auch dazu aufraffen, im gesellschaftlichen Leben ein Wörtchen mitzureden, weil man nämlich etwas zu sagen und zu geben hat. Kurz, man kann sich zum eigenen Nutzen nützlich machen.

Ein von meinem Ministerium entwickeltes Instrument zur Aktivierung Langzeitarbeitsloser - von Menschen also, die zwölf Monate und länger arbeitslos oder zwischendurch nur kurzzeitig beschäftigt waren - ist das »Kurssystem contra Langzeitarbeitslosigkeit« in zweiundzwanzig Orten des Landes Brandenburg. Die sechsmonatige freiwillige Teilnahme an mehreren Gruppenkursen und »Initiativphasen«, am Training in Übungswerkstätten und -büros, an sozialpädagogischer Betreuung, an Exkursionen und »Kurs-Stammtischen« soll das Selbstvertrauen und die Eigeninitiative fördern. Das Kurssystem ist erfolgreicher, als mancher vorher glauben wollte. Von bisher über elftausend Teilnehmern haben bis zum März 1996 mehr als zweiundvierzig Prozent - Menschen, die von manchem schon als »hoffnungslose Fälle« abgeschrieben waren - eine neue Beschäftigung gefunden: knapp eintausendvierhundert in einer festen Anstellung, zweiunddreißig durch Existenzgründung, über zweitausendachthundert in ABM- und Qualifizierungsmaßnahmen. Mehr als zweihundert nahmen eine ehrenamtliche Tätigkeit auf.

Eine Umfrage unter Teilnehmern der »Akademie zweite Lebenshälfte« ergab allerdings, daß bisher nur zwölf Prozent Bereitschaft bekunden, ein Ehrenamt auszuüben. Dabei gibt es so viele Aufgaben sozialer, kultureller, sportlicher Art, die nach ideenreicher Bewältigung verlangen, und so viele Talente und Fähigkeiten, die brachliegen. Man muß die Ehrenamtlichen nur einmal fragen, wieviel unverhofftes Selbstbewußtsein und neue Lebensfreude sie aus ihrer Tätigkeit gewonnen haben. Manche behaupten, das vereinte Deutschland könne zwar alle seine neuen Bürger recht und schlecht versorgen, sie aber bei weitem nicht alle brauchen. Ich bin der Meinung, daß jeder gebraucht wird, wenn auch nicht jeder mit Geld entlohnt werden kann. Doch unser Programm »55 aufwärts« erlaubt es uns sogar, älteren Menschen für ihr Ehrenamt eine monatliche Aufwandsentschädigung zu zahlen.

In verschiedenen Brandenburger Orten sind Spielzeugwerkstätten entstanden, in denen »Puppendoktoren«, die früher in sehr unterschiedlichen Berufen tätig waren, Spielsachen aus Krippen und Kindergärten reparieren. In Neuruppin gründeten Arbeitslose, Vorruheständler und Rentner eine »Werkstatt für handwerkliche Selbstbetätigung«. An jedem Wochentag stehen den Nutzern dort Fachleute für Elektrotechnik, Holz- oder Metallbearbeitung mit Rat und praktischer Hilfe zur Seite. Außerdem leisten sie in den Wohnungen älterer oder sozial schwacher Bürger kostenlose Nachbarschaftshilfe bei tausend kleinen Handreichungen und Reparaturen. Die freundlichen Helfer sind nicht nur Handwerker, sondern oft auch geduldige Zuhörer und aufmerksame Ratgeber, mit denen die Nachbarn ihre Sorgen und Freuden teilen können. Durch solche ehrenamtlichen Aktivitäten werden vielerorts segensreiche soziale Netze geknüpft, von denen viele Menschen profitieren.

*

»Lieber jung, reich und gesund«, sagt eine etwas einfältige Binsenweisheit, »als arm, alt und krank.« Gegen Gesundheit und Wohlstand wird niemand etwas einzuwenden haben, aber um die Jugend ist es, zumindest was die Arbeit betrifft, auch nicht so sehr viel besser bestellt als um die Fünfzigjährigen. Jungen Leuten fehlt, das kann nicht anders sein, die Berufserfahrung, auf die Arbeitgeber großen Wert legen. Deshalb suchen viele vergeblich einen Arbeitsplatz. Nicht umsonst haben wir in

Brandenburg Förderprogramme nicht nur für ältere Arbeitslose, sondern auch für junge Menschen bis zu siebenundzwanzig Jahren, deren Berufsleben noch gar nicht richtig begonnen hat und schon in einer Sackgasse steckt. Manchmal frage ich mich, wie der ideale Arbeitnehmer eigentlich aussehen soll: Anfang Zwanzig, männlich, mit dreißigjähriger Berufserfahrung?

Die Lehrstellenverteilung in der DDR wurde häufig kritisiert, weil sie die Freiheit der Wahl stark einschränkte. Meist mußte man nehmen, was es gerade gab, einen der Berufe erlernen, die in der Planwirtschaft gebraucht wurden. Viele konnten nicht ihren Wunschberuf ergreifen, sondern mußten sich – je nach Schulabschlußzeugnis – mit der zweiten oder dritten Wahl begnügen. Im Westen, so hat damals mancher im Osten geträumt, da könnte ich werden, was ich will.

Nun erleben wir die Realität: Auch jetzt können die meisten jungen Leute nicht werden, was sie am liebsten wollen, und viel zu viele werden gar nichts, weil sie überhaupt keine Lehrstelle bekommen. Das duale Ausbildungssystem der Bundesrepublik – die theoretische Ausbildung in der kommunalen Berufsschule, die praktische im Lehrbetrieb, in dem ein guter Lehrling im günstigsten Fall später weiterarbeiten kann – funktioniert in den neuen Ländern nicht, weil es viel zu wenig Betriebe gibt. Deshalb fördert das Land Brandenburg die außerbetriebliche Berufsausbildung. Um mehr betriebliche Lehrstellen aufzutun, finanziert das Arbeitsministerium »Klinkenputzer« bei den Kammern, die vor allem in Handwerksbetrieben werben und den Meistern die Fördermöglichkeiten erläutern, die sie als Ausbilder in Anspruch nehmen können. Jeder Junge, der von einem Betrieb zusätzlich zu bereits eingestellten Lehrlingen angenommen wird, bringt seinem Chef viertausend Mark »Startkapital« mit, jedes Mädchen mit seinen schmaleren Chancen – in nicht frauentypischen Berufen – sogar siebentausend Mark. Trotz häufig besserer Zensuren und stärkerer Motivation müssen Mädchen nämlich immer wieder feststellen, daß ihr »Marktwert« nicht nur von ihren Begabungen, Kenntnissen und Fähigkeiten, sondern auch von ihrem Geschlecht abhängt. Mädchen sind auf dem Lehrstellenmarkt erheblich benachteiligt und müssen daher besonders gefördert werden.

Kümmern aber müssen sich die jungen Leute und ihre Eltern selbst. Und zwar so früh wie möglich. Eine Einrichtung wie die Berufsberatung der DDR, die verpflichtet war, jedem Jugendlichen eine Lehrstelle zu vermitteln – Behinderten oder anderweitig Benachteiligten sogar schon ein halbes Jahr vor den anderen –, gibt es nicht mehr. Keinem wird eine Lehrstelle auf dem silbernen Tablett präsentiert; wer sich nicht selbst bemüht, gerät nach Schulabschluß automatisch in den »sonstigen Verbleib«. Schlechte Karten haben natürlich auch die Jugendlichen, die erst am Ende ihrer letzten großen Ferien ins Arbeitsamt stürzen und nehmen müssen, was die anderen übriggelassen haben. Falls noch etwas übrig ist. Wer klug ist, schaut sich rechtzeitig um, absolviert nach Möglichkeit in den Schulferien ein Praktikum im gewünschten Ausbildungsbetrieb und stellt Interesse, Begabung und Fleiß unter Beweis. Der »Klebeeffekt« wirkt in solchen Fällen erstaunlich oft – der Meister erinnert sich bei einer Bewerbung an seine erfreulichen Erfahrungen und nimmt den Jugendlichen gern in die Lehre.

Schwierigkeiten bereitet auch die Tatsache, daß sich die meisten jungen Leute mit ihren Wünschen auf wenige Berufe konzentrieren: Achtzig Prozent der Brandenburger Schulabgänger legen sich unter Dutzenden Möglichkeiten auf die gleichen neun Ausbildungsberufe fest. Mir mißfällt besonders, daß sich die Mehrheit der Mädchen nur für ausgesprochen »frauentypische« Berufe im Büro, in der Arztpraxis, im Handel und im Hotel- und Gaststättengewerbe interessiert. Sie wählen damit von vornherein einen der im allgemeinen schlechter bezahlten Berufe und setzen so von der Ausbildung an das Einkommensgefälle zwischen Männern und Frauen fort. Natürlich klingen vielen Mädchen die Warnungen ihrer Mütter im Ohr: »Was habe ich davon, Metallfacharbeiterin zu sein? Arbeitslosigkeit! Werd du lieber Bürokauffrau, da stehen deine Chancen besser.« Dennoch werbe ich unter den Schulabgängerinnen für technische und Handwerksberufe. Ich kenne junge Frauen, die sich von ihrem ursprünglichen Berufswunsch verabschiedeten und statt Zahnarzthelferin Dachdeckerin wurden. Einige haben es sogar zur Meisterin gebracht und leiten unterdessen ihren eigenen Betrieb.

Jegliches Verständnis fehlt mir für den um sich greifenden laxen, verantwortungslosen Umgang von Jugendlichen mit ihrer Berufsausbildung. 1994 wurden im Brandenburger Handwerk 220.000 Ausbildungsverträge geschlossen und 62.531 gekündigt. Wenn junge Leute im Laufe ihrer Lehre feststellen, daß sie einen völlig falschen Beruf gewählt haben, dann haben sie sich zumeist nicht gründlich informiert, oder sie wurden schlecht beraten. Wenn es ihnen gelingt, den Irrtum durch ein neues Lehrverhältnis wettzumachen, mag es noch angehen.

Leider wird aber die Zahl derer immer größer, die einfach aus Unlust alles hinschmeißen, die sofort das schnelle Geld verdienen oder einfach in den Tag hinein leben wollen. Vor einiger Zeit war ich zu einer Rundfunkdiskussion über die Erstausbildung von Schulabgängern eingeladen. Mit mir saßen ein altgedienter, erfahrener Lehrausbilder, ein junger Mann aus einem Jugendtreff und ein blutjunges Mädchen vor dem Mikrofon. Der Jugendtreff-Mitarbeiter hatte, wie sich herausstellte, noch zu DDR-Zeiten bei eben jenem Ausbilder einen Beruf erlernt, übt ihn aber nicht mehr aus, weil er lieber mit jungen Menschen arbeiten will. Niemals, sagte er, hätte er seine Lehre abgeschlossen, wenn er seinerzeit die heutigen Möglichkeiten gehabt hätte. Aber damals sei es eben üblich gewesen, eine Ausbildung zu Ende zu bringen. Und nun nahm er das Mädchen in Schutz, das nicht einmal die Schule abgeschlossen und natürlich keine Lehrstelle hatte. Mit ihren sechzehn Jahren wollte sie zuerst einmal »ordentlich Geld verdienen«. Der Meister und ich versuchten fast verzweifelt, sie von der Wichtigkeit einer soliden Grundausbildung zu überzeugen und ihr praktische Ausbildungsmöglichkeiten vorzuschlagen. Doch wir stießen auf taube Ohren. »Lassen Sie mal«, unterstützte der junge Mann ihre unbekümmerte Ignoranz, »das Mädchen ist ganz in Ordnung. Aus der wird schon noch was.« Bei solchen Erlebnissen könnte mir glatt der Kragen platzen!

Ich bin in der DDR gegen die allgegenwärtige Gängelei und Bevormundung gerade der jungen Leute zu Felde gezogen, und ich bin froh, daß wir uns von diesen Zwängen befreit haben. Nun aber sind wir von einem Extrem ins andere gefallen. Die Freiheit, nach Lust und Laune zu tun und zu lassen, was man will, sich treiben zu lassen, ohne einen Gedanken an die Zukunft zu verschwenden und ohne Rücksicht auf die Gesellschaft, die für Gestrandete sorgen muß, halte ich für eine falsch verstandene Freiheit.

Familienangelegenheiten

Am 8. März waren Schnittblumen stets besonders knapp, und selbst bei Alpenveilchen- und Azaleenschalen traten Engpässe auf. Nicht, daß man an anderen Tagen des Jahres in den Blumenläden der DDR zwischen Rosen, Tulpen und Narzissen nach Herzenslust hätte wählen können. Das Angebot war immer ziemlich dürftig. Am Internationalen Frauentag aber gab es nicht mal mehr einen Primeltopf. Betriebsgewerkschaftsleitungen und pflichtbewußte Ehemänner hatten auch den letzten welken Nelkenstrauß aufgekauft, um den Frauen einmal im Jahr ihre besondere Wertschätzung kundzutun.

Wenn dann der Abteilungsleiter oder der Parteisekretär in einer Ansprache »unseren Frauen und Mädchen Gruß und Dank« zurief, fühlten sich manche gelangweilt, andere ein bißchen verklapst und die wenigsten geehrt. Es hörte sich unterschwellig und ungewollt ein wenig an wie: »Ihr seid zwar Frauen, aber trotzdem ganz in Ordnung.« Warum mußten wir Frauen einmal im Jahr ausdrücklich dafür gelobt werden, daß wir »unseren Mann standen«? Des schlechten Gewissens wegen, weil trotz allen propagandistischen Aufhebens um die Gleichberechtigung der Geschlechter nach dem vollen Arbeitstag der größte Teil der Hausarbeit an den Frauen hängenblieb? Weil sie sich also ihre Emanzipation mit doppelter und dreifacher Belastung erkaufen mußten?

Wenigstens ging es nicht auf allen Frauentagsfeiern so albern zu, daß die männlichen Kollegen in neckischen Rüschenschürzen den Kaffee einschenkten und den Frauen mit Wein und Likör zuprosteten. Wenn man zwei, drei Glas »Liebfrauenmilch« getrunken hatte, konnte man den »Ehrentag«, der manchmal ganz entfernt an Weiberfastnacht erinnerte, recht gut überstehen. Angeheiterte Frauengesellschaften in Lokalen und öffentlichen Verkehrsmitteln wurden um den 8. März herum mit Nachsicht betrachtet.

Die im Brustton der Überzeugung hervorgehobene Gleichberechtigung der Frau gehörte zum makellosen Bild, das die »sozialistische Gesellschaft« von sich selbst entwarf, sie war der Stolz der Partei- und Staatsführung der DDR – die fast ausschließlich aus Männern bestand. In der Tat wurden die Frauen beruflich besonders gefördert, mit Frauenförderplänen, Frauensonderstudien, Frauensonderaspiranturen ... Zweiundneunzig Prozent der Frauen übten einen Beruf aus, die große Mehrheit ganztags (zum Vergleich: in der Bundesrepublik etwa fünfzig Prozent, und zwar sehr häufig in Teilzeitarbeit). Die Hälfte der Hochschulabsolventen war weiblich, und nur sechs Prozent der Frauen hatten keine abgeschlossene Berufsausbildung. Frauen wurden geradezu gedrängt, sich weiterzubilden und Leitungsfunktionen zu übernehmen.

Der Grundsatz »Gleicher Lohn für gleiche Arbeit« war fest im gesellschaftlichen Bewußtsein verankert und im Prinzip auch durchgesetzt. Der Pferdefuß war nur: Häufig verrichteten Frauen nicht die gleiche Arbeit wie die Männer, sie waren in schlechter bezahlten Berufen und niederen Positionen tätig, wie das auch im Westen der Fall war und immer noch ist. Die oberen Sprossen der Karriereleitern waren im großen und ganzen von Männern besetzt; das durchschnittliche Einkommen der Frauen fiel um ein Viertel geringer aus als das der Männer. Mit gut einem Drittel waren die Frauen in der DDR am Familieneinkommen beteiligt, die westdeutschen mit achtzehn Prozent.

Die wenigen Frauen in besonders verantwortungsvollen Positionen mußten sich ihre Stellung und ihr Ansehen mühevoll erarbeiten – und einen Anspruch darauf in den meisten Fällen zunächst einmal durch Parteizugehörigkeit erwerben –, aber nicht mit härtesten Bandagen erkämpfen. Manche wurden sogar gegen ihren Willen dahin gedrängt. Ihre Förderung war ein in der sozialistischen Ideologie verankertes, unantastbares Postulat. Frauen, die etwas erreichen wollten, mußten die Männer nicht »wegbeißen«, sondern nur beharrlich ihr Ziel verfolgen. Ich denke, daher kommt ein heute noch auffälliger Unterschied zu westdeutschen Frauen, die auf den verschiedenen Karriereleitern weit nach oben geklettert sind. Ich habe den Eindruck, daß viele Frauen, die es im Westen zu einer exponierten Position gebracht haben, auf ihrem Weg dorthin erheblich verletzt wurden. Um sich durchsetzen zu können, mußten sie sich den harten Spielregeln der Männer anpassen. Ein Zyniker könnte fragen, ob es am Ende nicht gleichgültig sei, ob auf dem Chefsessel eine Frau sitze oder ein Mann. So erlebe ich ab und zu sogar weibliches Unverständnis gegenüber unserer Gleichstellungspolitik (die von den männlichen Staatssekretären meines Ministeriums übrigens vorbildlich verfochten wird): »Wozu«, fragt manche aus dem Westen zu uns gekommene Frau, die sich »nach oben« durchgeboxt hat, »brauchen Frauen besondere Förderung? Schließlich habe ich es auch ganz allein geschafft.«

Wenn die Frauen in der DDR im Durchschnitt auch weniger Geld verdienten als die Männer, so waren sie doch wirtschaftlich selbständig und nicht auf einen »Ernährer« angewiesen. Sich vom Ehemann versorgen zu lassen, wäre den allermeisten als Heiratsgrund gar nicht in den Sinn gekommen. Man heiratete aus Liebe oder Übermut, um schneller eine eigene Wohnung zu bekommen oder um den vom Staat gewährten zinslosen Kredit für junge Eheleute in Anspruch nehmen zu können. Oder man lebte, das war gang und gäbe, ohne Trauschein als Paar oder Familie zusammen. An den vielen »unehelichen« Kindern nahm längst niemand mehr Anstoß, sie waren vom Gesetz den in einer Ehe geborenen gleichgestellt und wurden von der Gesellschaft völlig selbstverständlich akzeptiert. Noch 1992 wurden in den neuen Bundesländern über vierzig Prozent der Kinder nichtehelich geboren (in den alten Bundesländern nur gut zehn Prozent). Das Leben alleinerziehender Mütter – wie in der Bundesrepublik lebten nur wenige Väter mit ihren Kindern allein – war natürlich auch in der DDR komplizierter und beschwerlicher als das von jungen Frauen, denen ein Partner zur Seite stand. Aber es war kein Grund, sich vor der Zukunft zu ängstigen.

Nach der Geburt eines Kindes und einer »Babypause« kehrten die Mütter mit großer Selbstverständlichkeit an ihren Arbeitsplatz zurück, der ihnen drei Jahre lang freigehalten werden mußte. Eltern erkrankter Kinder wurden großzügig von der Arbeit freigestellt, außerdem stand Müttern und verheirateten Frauen in jedem Monat ein bezahlter »Haushaltstag« zu. Ihre Kinder wußten die jungen Eltern in Krippen, Kindergärten und Schulhorten in der Regel gut aufgehoben, für ein paar Mark ausreichend versorgt und liebevoll betreut, wenn auch mehr oder minder starkem ideologischen Einfluß ausgesetzt. Das hing im Einzelfall von den Erzieherinnen ab, aber auch davon, ob sich die Eltern gegen gelegentliche Auswüchse engagiert zur Wehr setzten oder nicht. Man mußte nämlich nicht alles schulterzuckend hinnehmen, sondern konnte seinen Widerspruch zumindest energisch anmelden.

Was wunder, daß unter so günstigen Umständen nur achtzehn Prozent der DDR-Bürger kinderlos blieben (zum Vergleich: siebenunddreißig Prozent in der Bundesrepublik). Volkswirtschaftlich war die Kinderfreundlichkeit eigentlich kaum zu verkraften, in den Betrieben konnte der von jungen Müttern verursachte Arbeitsausfall nur durch große Anstrengungen der Kolleginnen und Kollegen kompensiert werden, die Schuldirektoren wußten manchmal nicht mehr ein noch aus, wenn mehrere Lehrerinnen gleichzeitig ihr »Babyjahr« beanspruchten. So kam es, daß auch in der DDR mancher Kaderleiter – freilich ohne seine Gründe laut zu äußern – unter der Hand lieber einen Mann einstellte als eine junge Frau, die schon kleine Kinder hatte oder sie in absehbarer Zeit vermutlich haben würde. Da es aber genügend Arbeitsplätze gab, konnte eine solche Ablehnung zwar ärgerlich oder verletzend sein, keinesfalls aber in die Arbeitslosigkeit führen.

Die materielle Unabhängigkeit der Frauen wirkte sich natürlich positiv auf ihr Selbstwertgefühl aus. Sie wollten arbeiten, und zwar nicht nur des eigenen Einkommens wegen, sondern auch, um sich und anderen ihre Leistungsfähigkeit und Kreativität zu beweisen und um vielfältige soziale Beziehungen zu pflegen, die sehr oft weit über oberflächlich kollegiales Verhalten hinausgingen. Die Überzeugung, daß Berufstätigkeit ein wichtiger und im großen und ganzen erfreulicher Lebensinhalt sei, war weit verbreitet. Die Frauen hatten sich daran gewöhnt, anerkannt, geschätzt und gebraucht zu werden, und wollten ihre durch harte Arbeit erworbene Stellung in der Gesellschaft um keinen Preis missen.

Trotzdem konnte von wirklicher Gleichberechtigung der Geschlechter keine Rede sein. Denn drei Viertel der Arbeit im Haushalt und bei der Erziehung der Kinder blieben den Frauen überlassen. Das war von Familie zu Familie natürlich sehr unterschiedlich, aber »im Durchschnitt« verhielt es sich so. Vielen Männern war zwar durchaus bewußt, daß sie ebenfalls für den Haushalt und die Kinder zuständig seien, aber die meisten verdrängten diese Einsicht doch recht erfolgreich und beschränkten sich darauf, ihren Frauen allenfalls bei bestimmten alltäglichen Verrichtungen zur Hand zu gehen. Der Satz »Ich helfe im Haushalt« wurde von manchem Mann mit stolzgeschwellter Brust vorgetragen. Für die Frauen aber begann nach einem anstrengenden vollen Arbeitstag die zweite Schicht: Kinder aus der Krippe holen, nach den Dingen des täglichen Bedarfs herumrennen, sich kurz vor Ladenschluß in die lange Schlange vor der Kaufhallenkasse einreihen, waschen, bügeln, putzen, kochen, Windeln wechseln, Nasen wischen, trösten, Mut machen, ermahnen, Schularbeiten kontrollieren ... Sie gerieten oft hart an die Grenzen ihrer Belastbarkeit, aber sie brachen unter ihrer Last nicht zusammen. Es war möglich und üblich, Berufstätigkeit und Familie miteinander zu vereinbaren. Wenn sie sich auch Erleichterung und Entlastung für ihren Alltag wünschten - prinzipiell wollten die ostdeutschen Frauen so und nicht anders leben.

*

Vor einiger Zeit besuchte ich ein Treffen ehemaliger Kolleginnen, mit denen ich im VEB Berlin-Chemie - einem der größten pharmazeutischen Betriebe der DDR, in dem ich als Biologin tätig war - fünfzehn Jahre lang nicht nur gearbeitet, sondern auch viele Stunden meiner Freizeit verbracht habe. Wir waren eine eingeschworene Truppe, in der es auch private Freundschaften gab, wir feierten Sommerfeste im Garten meiner Eltern, gingen gemeinsam ins Theater und in Ausstellungen und unternahmen Wochenendausflüge mit unseren Familien. Wir konnten uns nicht nur bei beruflichen, sondern auch bei privaten Problemen aufeinander verlassen, damals, als meine Kinder und die meiner Kolleginnen noch klein waren und uns manchmal große Sorgen machten.

Die Firma im Berliner Osten gibt es noch, sie trägt ihren alten Namen - natürlich ohne den Zusatz »VEB« - und gehört nun einem italienischen Investor. Forschung, Entwicklung und Produktion wurden fast völlig eingestellt, Berlin-Chemie ist jetzt ein Betrieb für die Konfektionierung, also die Verpackung, und den Vertrieb von Arzneimitteln. Und was ist aus den Frauen geworden, mit denen ich von 1964 bis 1978 zusammengearbeitet habe und denen ich auch später stets verbunden geblieben bin?

Eine von uns, medizinisch-technische Assistentin, hat noch Arbeit in ihrem erlernten Beruf, sie versteht sich mit ihren neuen Kollegen und verdient nicht schlecht. Ihr Mann hat ebenfalls ein gutes Einkommen, der Sohn und die Schwiegertochter sind sehr bald nach der Wende nach Westdeutschland gegangen, haben beide Arbeit und inzwischen sogar ein eigenes Haus. Meine ehemalige Kollegin ist zwar ein wenig traurig, daß die Entfernung zu den Kindern nun so groß ist, ansonsten aber, sagt sie, sei es ihr und ihrer Familie noch nie so gut gegangen wie jetzt. Als einzige unserer alten Truppe könnte sie mit ihrem Leben nach der Wende rundum zufrieden sein, wenn nicht auch ihr der Verlust des Arbeitsplatzes drohte. Im Rahmen der Konsolidierung des Berliner Haushalts 1996 wird auch ihr Institut aufgelöst.

Eine zweite, etwas älter als wir andern, gehörte bereits seit ihrer Lehrzeit zu Berlin-Chemie, qualifizierte sich im Laufe der Zeit und wurde viele Jahre lang als sehr gute und versierte medizinisch-technische Assistentin geschätzt. Jetzt ist sie im Vorruhestand. Ihren Mann, der zeit seines Lebens nie Auto fahren wollte, nach seiner Arbeitslosigkeit aber nur weit außerhalb Berlins eine neue Stelle fand, hat sie durch einen Autounfall auf dem Weg zur Arbeit verloren. Jetzt sitzt sie allein zu Hause und wartet auf ihre Rente. Ihr wurde das bedrückendste »Wendeschicksal« in meinem Bekanntenkreis zuteil.

Eine andere Kollegin, Veterinärmedizinerin, war mit mir im experimentellen Bereich tätig. Als die Arzneimittelentwicklung bei Berlin-Chemie eingestellt wurde, gab es auch für sie keine Verwendung mehr. Mit Ende Vierzig eröffnete sie eine Kleintierpraxis, und da die Berliner bekanntlich Tiernarren sind, hat sie wirklich alle Hände voll zu tun. Daß sie auf keinen grünen Zweig kommt, liegt an ihrem weichen Herzen: Sie bringt es einfach nicht fertig, von Arbeitslosen oder alten Leuten mit kleinen Renten die üblichen Honorare für die Behandlung von Hund, Katze oder Kanarienvogel zu verlangen.

Nur die Jüngste aus unserer Abteilung arbeitet heute noch bei Berlin-Chemie. Sie war zuerst Chemielaborantin, absolvierte dann ein Chemieingenieurstudium und arbeitete lange Zeit mit mir in der pharmakologischen Forschung. Das war ihre Welt, und die hätte sie freiwillig niemals aufgegeben. Nun, da nicht mehr geforscht wird, bekam sie das Angebot, für die Firma als Pharmaberaterin tätig zu sein. Also fährt sie mit ihrem Auto über Land und wirbt in Arztpraxen und Apotheken für die Produkte des Unternehmens. Sie verdient gutes Geld und ist trotzdem nicht glücklich. »Früher«, sagt sie, »hatte ich einen Beruf. Jetzt habe ich einen Job.« Diese neue Erfahrung teilt sie mit vielen, die nach der Wende wieder Arbeit gefunden haben. Aber wenigstens haben sie noch Arbeit.

Die Zentralstelle für Diabetes und Stoffwechselkrankheiten in Berlin mit ihren etwa hundertzwanzig Angestellten, in der ich von 1978 bis zur Wende tätig war, wurde völlig aufgelöst; sie paßte nicht in die Struktur des bundesdeutschen Gesundheitswesens. Die meisten jüngeren Kolleginnen haben wieder Arbeit bekommen: Eine experimentelle Chemikerin beispielsweise ist bei der Bundesversicherungsanstalt für Angestellte beschäftigt; einige medizinisch-technische Assistentinnen arbeiten nun beim Seuchenschutz; andere sind in völlig artfremden Berufen tätig. In Berlin gibt es eben doch viel mehr Möglichkeiten, eine neue Anstellung zu finden, als auf dem flachen Land.

Die über fünfundfünfzigjährigen Kolleginnen aber hatten keine Chance: Sie mußten alle in den Vorruhestand, der einerseits, zumindest was die materielle Absicherung betrifft, eine segensreiche Einrichtung ist, andererseits aber oft eine große Leere mit sich bringt. Es ist ein schlimmes Gefühl, im gnadenlosen Aussonderungsprozeß seines Alters wegen den kürzeren zu ziehen. Besonders hart traf es eine Kollegin, die, selbst Diabetikerin und deshalb in ihrer Belastbarkeit eingeschränkt, verkürzt arbeitete: Sie mußte natürlich als erste gehen. Das Gemeinschaftsgefühl, das ganz selbstverständlich Verantwortung für Ältere und Benachteiligte einschloß, kann unter den heutigen Bedingungen kaum noch zum Tragen kommen. Immerhin bewährte es sich in diesem Fall noch in der neidlosen Freude der »abgeschobenen Alten« für die Jüngeren, die mehr Glück hatten.

Bedrückend ist auch die Erfahrung, daß das eigene, mit Geduld, Mühe und Liebe aufgebaute Lebenswerk von heute auf morgen nichts mehr wert sein soll. Die Mitarbeiter der Zentralstelle für Diabetes – mit den Problemen von Stoffwechselkranken besonders vertraute Fachärzte, Schwestern, Fürsorgerinnen, Diätassistentinnen, Psychologen, Medizintechniker – sicherten unter oft schwierigen materiellen und technischen Bedingungen engagiert und erfindungsreich Prophylaxe, Therapie und Rehabilitation ihrer Patienten. Die Früherkennung des Diabetes und die Rundumbetreuung der Diabetiker waren so gut organisiert, daß die gefürchteten Diabetes-Komafälle in der DDR praktisch nicht mehr auftraten. Und nun sind solche Einrichtungen, die für die Patienten über Jahrzehnte hinweg Anlaufstellen mit zum Teil engen persönlichen Kontakten zum Betreuungspersonal waren, einfach von der Bildfläche verschwunden.

In meinem Verwandten- und Freundeskreis arbeitet auch kaum noch eine Frau meiner Generation in ihrem angestammten Beruf. Eine meiner Schwägerinnen war mit ganzem Herzen Kinderärztin. Eine eigene Niederlassung war in ihrem Alter und in der gegebenen Situation ausgeschlossen – die Zahl der Geburten ging nach der Wende um zwei Drittel zurück, und die im Westen übliche Praxis, daß die Kinder nicht von einem Facharzt für Kinderheilkunde, sondern vom Hausarzt der Familie betreut werden, griff auf den Osten über. Also ging auch die Kinderärztin in den Vorruhestand.

Zwei weitere Schwägerinnen – die eine früher phoniatrisch-audiologische Assistentin im ambulanten Gesundheitswesen, die andere Chemikerin an der Akademie der Wissenschaften – retten sich mit völlig anderen Tätigkeiten in Arbeitsbeschaffungsmaßnahmen über die Runden. Die vierte schließlich, die auf dem Land lebt und dort berufstätig war, meldete sich wegen der aussichtslosen Lage gar nicht erst als arbeitslos, sondern zog sich gleich ins Privatleben zurück. Anders ist es um ihre Männer bestellt, die fast alle bei der evangelischen Kirche beschäftigt sind. Gemessen an ihrem niedrigen Einkommen in der DDR haben sie sich nach der Wende erheblich verbessert. Zu kurz gekommen sind wieder einmal die Frauen.

Eine meiner ehemaligen Kommilitoninnen, mit der ich noch heute eng befreundet bin, arbeitete als Molekularbiologin an der Akademie der Wissenschaften. Nach 1990 wurde auch ihr Forschungsbereich »evaluiert« – natürlich von westdeutschen Kollegen, die die spezifischen Verhältnisse in Ostdeutschland nicht kannten. Zu ihren wichtigsten Bewertungskriterien zählte die wissenschaftliche Ausstrahlung der Akademiemitarbeiter: Sie fragten nach der Beteiligung an internationalen Kongressen, ohne einen Gedanken daran zu verschwenden, daß in der DDR auch Wissenschaftler in der Regel nicht ins westliche Ausland reisen durften und daß man ihre Qualitäten eben nicht an der Präsenz auf solchen Veranstaltungen ablesen kann. Auch meine Freundin rettet sich nun mit befristeten Arbeitsverträgen und ABM-Stellen über die Zeit bis zur Rente.

Man muß einfach wissen, welchen Stellenwert die Berufstätigkeit für die Frauen in Ostdeutschland besaß, um ermessen zu können, in welch tiefes Loch sie nach der Wende fielen. In der DDR hatten Frauen mit sechzig Jahren das Rentenalter erreicht. Die Irritation, daß im vereinten Deutschland auch Frauen erst nach dem fünfundsechzigsten Lebensjahr reguläre Rentenansprüche geltend machen können, hielt nicht lange an. Im Westen, so nahm man schnell zur Kenntnis, arbeitet ein großer Teil der Frauen überhaupt nicht, im Osten verlor man von heute auf morgen seine Stelle – und die älteren Frauen meist als erste.

*

Der gelernte DDR-Bürger ist bestens mit allen möglichen Versuchen vertraut, Mängel schönzureden: Je knapper die Butter war, desto gesünder wurde die Margarine; und weil es selten Apfelsinen gab, wurden Wohlgeschmack und Vitamingehalt von Weißkohl und Äpfeln stets besonders gepriesen. Viele ostdeutsche Frauen, denen jetzt Heim und Herd als ihre angestammte Domäne schmackhaft gemacht werden sollen, fühlen sich an solche durchsichtigen Tricks erinnert.

Nach dem Krieg waren es auch in Westdeutschland die Frauen, die die Städte enttrümmerten; sie hatten Kinder, oft keinen Mann, leisteten schwere Arbeit und kamen doch mit ihrem Leben zurecht. Denn Frauen sind stark. Spätestens in den fünfziger Jahren aber hieß es, die Frauen gehörten nach Hause und müßten sich als aufopferungsvolle Mütter um die Kinder kümmern. Obendrein einen Beruf auszuüben, belaste sie viel zu sehr und bekäme auch der Familie schlecht. Die stete Wiederholung dieses Vorurteils zeitigte Wirkung. Ich finde es bezeichnend, daß siebenundvierzig Prozent der Westdeutschen der festen Ansicht sind, daß es den Kindern schade, wenn sie ganztags in Kindergärten betreut werden. Woher können sie eigentlich so sicher sein, da sie es doch niemals ausprobiert haben?

Ganz im Gegensatz dazu meinen sechsundsechzig Prozent der Ostdeutschen, daß die Betreuung in Kindergärten ausgesprochen wohltuend auf die Entwicklung von Gemeinsinn, Verantwortungsbewußtsein, Kontaktfreude, angemessenem Konfliktverhalten, Selbständigkeit und Selbstbewußtsein wirke. Eine bereits erwähnte Umfrage von 1995 ergab, daß Ostdeutsche trotz der Berufstätigkeit ihrer Mütter, trotz Krippe, Kindergarten und Schulhort positivere Erinnerungen an ihre Kindheit haben als Westdeutsche. Das Verhältnis der Eltern zu den Kindern, heißt es da, war im Osten glücklicher. Die Ostdeutschen beschreiben ihre Eltern im allgemeinen als warmherzig und tolerant, sie wurden als Kinder weniger bestraft, geschlagen, beschämt oder mit ehrgeizigen Forderungen der Eltern gequält, als das in den Erinnerungen der befragten Westdeutschen aufscheint. Sie sind also ganz offensichtlich nicht die Generation von »Sozialwaisen«, als die sie im Westen oft beschrieben wurden. Im Gegenteil, im guten, innigen Verhältnis zwischen Kindern und Eltern gediehen häufig ein ausgeprägtes Zusammengehörigkeitsgefühl und eine private Gegenkultur zur staatlichen Bevormundung außerhalb der Familien.

Die Ganztagsbetreuung der Kinder war eine wesentliche Voraussetzung dafür, daß bis zur Wende über neunzig Prozent der ostdeutschen Frauen berufstätig sein konnten. Diese Zahl verführt heutzutage manch einen zu Äußerungen, bei denen mir die Haare zu Berge stehen. Zum Beispiel den sächsischen Staatsminister für Wirtschaft und Arbeit Kajo Schommer, der auf einer Konferenz der Arbeits- und Sozialminister vorrechnete, daß die Arbeitslosenquote in Sachsen ganz erfreulich im Durchschnitt der alten Bundesländer läge, wenn die Erwerbsquote der Frauen zu DDR-Zeiten nicht so hoch gewesen wäre und die Sächsinnen nicht weiterhin auf ihrer Berufstätigkeit bestünden. Die Statistik am liebsten durch den Verzicht der Frauen auf Arbeit verbessern zu wollen – das ist für mich die Höhe!

Ich gebe zu, daß ich Frauen, die nicht berufstätig sein wollten, früher recht verständnislos gegenüberstand. Ich hielt es für einen ausgesprochenen Mangel, wenn – was ja sehr selten vorkam – eine junge Frau nach ihrer Ausbildung nur noch das »Hausmütterchen« spielen wollte. Habe ich darüber womöglich sogar ein wenig die Nase gerümpft? Berufsarbeit gehörte für mich einfach zu einem erfüllten Leben. Inzwischen habe ich gelernt, die Verbindung von Berufstätigkeit und Familie nicht als einzig akzeptable Variante der Lebensgestaltung anzusehen. Wenn eine Frau in ihrer Mutter- und Hausfrauenrolle Glück und Zufriedenheit findet, ist das allein ihre Sache, und niemand sollte ihre Entscheidung mit Geringschätzung strafen. Ich werde mir aber niemals einreden lassen, die ausschließliche Konzentration auf Haushalt und Familie sei der Frau von Natur aus eigen. Diese altmodische, im

Westen aber noch erschreckend lebendige Überzeugung, wird sich im Osten hoffentlich niemals durchsetzen.

Ich käme im Leben nicht auf den Gedanken, das Problem der Arbeitslosigkeit auf Kosten der Frauen lösen zu wollen. Frauen müssen frei entscheiden können, ob sie einen Beruf ausüben wollen oder nicht, und die Möglichkeiten, Erwerbstätigkeit und Familie miteinander zu vereinbaren, müssen gesichert werden. Solange sie diese Wahl und diese Möglichkeiten nicht besitzen, liegt die Gleichberechtigung der Geschlechter in weiter Ferne. Die Frauen in Ostdeutschland sind ihr nach meinem Dafürhalten früher um einiges näher gewesen. Und ich bin heilfroh darüber, daß sie es offensichtlich nicht vergessen haben. Ihr Wille, sich im Berufsleben zu behaupten, ist ungebrochen. In ihrem hartnäckigen Beharren auf Vereinbarkeit von Beruf und Familie treffen sie sich mit einer wichtigen Forderung auch der westdeutschen Frauenbewegung. Das neue Kindertagesstättengesetz mit dem Rechtsanspruch auf einen Kindergartenplatz ab 1996, da bin ich ziemlich sicher, wäre ohne die deutsche Einheit und die gemeinsamen Anstrengungen der Frauen in Ost und West vorläufig nicht zustande gekommen.

Alle Prophezeiungen, daß nach der Wende auch in Ostdeutschland die Frauen ihre Berufstätigkeit freiwillig aufgeben und die Arbeitslosenstatistik entlasten würden, haben sich als falsch erwiesen. Dennoch besteht die Gefahr, daß Langzeitarbeitslose resignieren und sich irgendwann doch in ihre vier Wände zurückziehen. Ich fordere gerade die arbeitslosen Frauen immer wieder auf, die Hoffnung nicht zu verlieren und zumindest nicht auf die Meldung beim Arbeitsamt zu verzichten.

Nach einer Erhebung des Sozialwissenschaftlichen Forschungszentrums Berlin-Brandenburg wollen zweiundachtzig Prozent der ostdeutschen Frauen - aber nur sechzig Prozent der westdeutschen - unbedingt ihren Beruf ausüben. Und wenn schon nicht ihren, dann wenigstens irgendeinen. Sie rennen den Arbeitsämtern die Bude ein, reißen sich, da ihre Chancen auf dem ersten Arbeitsmarkt schlecht stehen, um ABM-Stellen, drängen sich zu Umschulungen, sind zu ungewohnten Tätigkeiten und im schlimmsten Fall, obwohl sie doch fast alle solide ausgebildet sind, sogar zu ungelernter Arbeit bereit. Und immer mehr wagen sich auch auf den oft sehr riskanten Weg in die Selbständigkeit. Natürlich geht es ihnen auch ums Geldverdienen: Die steigenden Mieten wollen bezahlt sein, die Kinder kosten viel, der Arbeitsplatz des Mannes ist auch nicht sicher, und nach Möglichkeit soll noch ein kleines Polster für die so ungewiß gewordene Zukunft angelegt werden. Und den tausend bunten Verlockungen der schillernden Konsumwelt kann man auch nur schwer widerstehen. Aber das ist eben nicht alles. Ohne Arbeit fehlt den ostdeutschen Frauen ein wichtiges Stück selbstbestimmten Lebens. »Zu Hause«, sagen mir arbeitslose Brandenburgerinnen immer wieder, »fällt uns die Decke auf den Kopf.«

Doch Frauen sind heutzutage die ersten, die ihre Arbeit verlieren, und die letzten, die eine neue Stelle finden. Im Januar 1996 waren im Land Brandenburg 14,5 Prozent der Männer und zwanzig Prozent der Frauen arbeitslos. Gut zwei Drittel der Arbeitsuchenden und achtundsiebzig Prozent der Langzeitarbeitslosen in Ostdeutschland sind Frauen. Die immer lauter geforderte neue Verteilung von Arbeit würde den Frauen in doppelter Hinsicht zugute kommen: Durch Arbeitszeitverkürzung neu entstehende Arbeitsplätze müßten auch ihnen offenstehen, und obendrein hätten die pro Woche einige Stunden weniger arbeitenden Männer mehr Zeit, sich um die Kinder und den Haushalt zu kümmern.

Aber wie auch immer die Arbeit in Zukunft verteilt wird, ohne besondere Unterstützung werden Frauen weiterhin die Benachteiligten sein. Die Frauenförderung in Brandenburg ist vielfältiger Art. Jahrelang wurden spezielle Programme aufgelegt, die Frauen, vor allem durch Lohnkostenzuschüsse, den Wiedereinstieg ins Arbeitsleben erleichtern und Arbeitgebern die Einstellung von Frauen schmackhaft machen sollten. Künftig werden Zuschüsse nur noch für die Einstellung alleinerziehender Mütter und besonders schwer vermittelbarer Frauen gezahlt.

Eine »Quotierungsklausel« in unserem »Landesprogramm Qualifizierung und Arbeit« soll besser greifen als die bisher gültigen einzelnen Programme. Die Arbeits- und Wirtschaftsförderung sollen enger miteinander verzahnt und Fördermittel bevorzugt solchen Projekten zur Verfügung gestellt werden, die mindestens zwei Drittel Frauenarbeitsplätze schaffen. Der Höchstfördersatz für Investitionen in Unternehmen kann gewährt werden, wenn mehr als die Hälfte der entstehenden Arbeitsplätze mit Frauen besetzt wird. Und schließlich wird das Land bei Vergabe öffentlicher Aufträge bei gleichwertigen Angeboten den Bewerber bevorzugen, der sich am stärksten für die Gleichstellung von Frauen im Erwerbsleben einsetzt.

Um den Frauen Mut zu machen, haben die Ministerien für Wirtschaft sowie für Arbeit, Soziales, Gesundheit und Frauen 1995 zum ersten Mal den Wettbewerb »Frauenfreundliches Unternehmen des Landes Brandenburg« ausgeschrieben. Kriterien waren die Anzahl weiblicher Beschäftigter,

Auszubildender und Führungskräfte, Qualifizierungspolitik, Innovationsfreudigkeit und Unternehmensphilosophie im Sinne von Frauen, frauenfreundliche Einrichtungen und Leistungen. Fünfzehntausend Mark für den ersten Preis sind für kleine und mittlere Betriebe keine Kleinigkeit. Unter achtzig Bewerbern erhielt den Preis die Agrargenossenschaft »Ländecken« in Meinsdorf. In der ehemaligen landwirtschaftlichen Produktionsgenossenschaft sind zu achtunddreißig Prozent Frauen beschäftigt, deren bislang schwere körperliche Arbeit durch Modernisierungsmaßnahmen erleichtert wurde. Frauen sind als Geschäftsführerin und in drei weiteren leitenden Positionen tätig, im Aufsichtsrat sitzen drei weibliche und zwei männliche Mitglieder. Bei der Einstellung von Lehrlingen werden Mädchen bevorzugt, und schließlich werden die Frauen auch in Tätigkeiten ausgebildet, die traditionell von Männern ausgeübt werden, zum Beispiel im Treckerfahren und in der künstlichen Besamung von Tieren. In den Schulferien kümmert sich die Genossenschaft um warme Mittagsmahlzeiten für die Kinder der Mitarbeiterinnen. Trotz der schwierigen Lage, in der die ostdeutsche Landwirtschaft steckt, sind die Frauen von »Ländecken« zuversichtlich, ihren Betrieb mit viel Kraft, Engagement und Erfindungsreichtum fortführen zu können.

*

Die Unsicherheit im beruflichen Bereich hat auch zu Verwerfungen auf anderen Gebieten geführt, die sich früher im Osten niemand vorstellen konnte. Seit Berufstätigkeit und Familie nur noch schwer oder gar nicht miteinander zu vereinbaren sind, werden Prioritäten gesetzt: Zuerst einmal muß die Existenz gesichert sein.

Wer weiß heutzutage schon so genau, worauf er sich bei einer Eheschließung einläßt, welche Pflichten er selbst weit über eine mögliche Scheidung hinaus auf sich lädt? Früher konnte man unbedenklich heiraten und sich, wenn die Ehe nicht funktionierte, relativ leicht wieder scheiden lassen. Für die Kinder mußte dann Unterhalt gezahlt werden, aber für den Ex-Partner war man nicht mehr verantwortlich. Man brauchte nicht unbedingt einen Anwalt und ruinierte sich bei einer Scheidung auch nicht finanziell. Und die berufstätige Geschiedene kam auch als Alleinerziehende einigermaßen über die Runden. Es ging auch ohne »Ernährer«.

Heute sieht das alles anders aus. Eine Heirat will auch aus derartigen Gründen gut überlegt und womöglich durch Verträge wie ein Geschäftsabschluß vorbereitet und abgesichert sein. Eine Scheidung ist kompliziert und teuer und kann bis in alle Ewigkeit unerfreuliche oder gar unerträgliche finanzielle Verpflichtungen dem ehemaligen Partner gegenüber nach sich ziehen. Eine neue Familie wird der ersten gegenüber von Rechts wegen immer benachteiligt sein. Und eine nicht berufstätige Frau und Mutter kann ihren »Versorger« nur bei Gefahr der Armut verlassen. Viele werden sich also wohl oder übel mit ihrer unglücklichen Ehe abfinden.

Kein Wunder, daß die Zahl der Eheschließungen in Ostdeutschland zwischen 1989 und 1990 um zweiundzwanzig Prozent zurückging und sich im Jahr darauf noch einmal halbierte. In den Jahren nach der Wende wurden auch achtzig Prozent weniger Ehen geschieden. Am schlimmsten aber ist, daß heute fast zwei Drittel weniger Kinder geboren werden als vor 1989. Junge Frauen bedenken sehr genau, in welche

Zwänge und Abhängigkeiten sie sich begeben, wenn sie sich für ein Kind entscheiden.

Die Tatsache, daß in unserer Gesellschaft Kinder das Armutsrisiko Nummer eins sind, gehört für mich zu den unerfreulichsten Erfahrungen der Wende. Familien mit drei und mehr Kindern und Alleinerziehende sind durch ihre Kinder stärker von Armut bedroht als Arbeitslose durch ihre Arbeitslosigkeit. Nur siebenundzwanzig Prozent der jungen Eltern in den neuen Bundesländern bezeichneten 1993 ihre wirtschaftliche Situation als gut, vierzig Prozent gaben wirtschaftliche Schwierigkeiten als ihr größtes Problem an. Bei kinderlosen jungen Leuten war es genau umgekehrt: Vierzig Prozent waren mit ihrer ökonomischen Situation zufrieden, für siebenundzwanzig Prozent war sie die Sorge Nummer eins. 1993 und 1994 betrug das Pro-Kopf-Einkommen einer ostdeutschen Familie mit einem Kind einundsechzig Prozent des Einkommens eines kinderlosen Paares, mit zwei Kindern fünfzig und mit drei Kindern etwa vierzig Prozent.

Solange Erwerbstätigkeit und Kinder nur schwer miteinander vereinbar sind, wird die pure Existenzsicherung vor der Familiengründung rangieren. Kinder und Karriere zu vereinbaren – davon kann ohne finanzielles Polster schon gar keine Rede sein. Wenn ich im Westen unterwegs bin und auf ehrgeizige Frauen treffe – ganz gleich, ob das die versierte Maskenbildnerin ist, die mir im Fernsehstudio die Nase pudert, oder die Försterin in leitender Position, die obendrein Vorsitzende einer Fraueninitiative ist –, brauche ich eigentlich gar nicht erst zu fragen: Kaum eine von ihnen ist verheiratet, kaum eine hat Kinder.

In der ostdeutschen Rangfolge der verschiedenen Lebensbereiche nimmt die Familie noch immer den ersten Platz ein.

Zweiundachtzig Prozent bezeichnen die Familie als sehr wichtig, vierundachtzig Prozent halten die Ehe für eine sinnvolle Einrichtung. Etwa vier Fünftel der jungen Brandenburger haben noch heute den Wunsch, eine Familie zu gründen und zwei Kinder großzuziehen. Aber längst nicht alle werden ihn sich erfüllen. Noch 1987 plante nur ein Prozent der jungen ostdeutschen Frauen ihr Leben ohne Kinder, Anfang der neunziger Jahre hatten sich, zumindest vorläufig, schon elf Prozent entschieden, kinderlos zu bleiben. Der Verzicht auf ein Familienleben wird sehr häufig als schmerzlicher Mangel empfunden und ist mit Trauer verbunden. Von einem Gebärstreik aus Trotz gegen unzumutbare gesellschaftliche Bedingungen kann dabei gar keine Rede sein – die Frauen sehen einfach keinen anderen Weg, ihr Leben zu meistern. Das neue Kindertagesstättengesetz, das die Betreuung von Kindern zwischen drei und sechs Jahren garantiert, kommt ihnen jetzt einen ersten Schritt entgegen. In Brandenburg ist sogar die Ganztagsbetreuung vom Säugling bis zum zwölfjährigen Schüler gesichert. Allerdings bringt uns nun der Geburtenrückgang in eine Klemme: Kindertagesstätten, die wir mangels Belegung jetzt schließen müssen, werden uns fehlen, wenn – hoffentlich – wieder mehr Kinder zur Welt kommen werden.

Da ich eine geborene Optimistin bin, sehe ich am Horizont einen ersten Schimmer dieser Hoffnung auftauchen – der beängstigende Abwärtstrend bei Eheschließungen und Geburten beginnt sich offenbar langsam umzukehren. Einige Hundert Geburten mehr lassen sich kaum in Prozenten ausdrükken, aber sie zeigen vielleicht doch an, daß der »Wendeschock« nach und nach verwunden wird. Die Menschen finden sich in den neuen Bedingungen zurecht, die Verhältnisse werden durchschaubar und also besser kalkulierbar. Rosig sind sie vorläufig nur für wenige Ostdeutsche – aber in etwa abschätzen zu können, womit man zu rechnen hat, verleiht eine gewisse Sicherheit für die Lebensplanung.

*

Im März 1996 machte wieder einmal eine erschreckende Zahl die Runde: Etwa eine Million Kinder in Deutschland lebt von Sozialhilfe! Der Bundesgeschäftsführer des Deutschen Kinderschutzbundes, Walter Wilken, erklärte, was das bedeutet: Die Kinder von Sozialhilfeempfängern sind meist schlechter ernährt als andere Kinder, schlechter gesundheitlich versorgt, schlechter sozial und kulturell betreut; in ihren Familien sind sie häufig starken Spannungen ausgesetzt, ihre Chancen auf Bildung sind reduziert. Und sie geraten leicht in einen Teufelskreis, aus dem nur wenige allein herausfinden: einmal Sozialhilfeempfänger, immer Sozialhilfeempfänger. Und um Hilfe von außen ist es nicht besonders gut bestellt. Wer es nicht schafft, wird von kaltschnäuzigen Vorurteilen schnell zum Nichtsnutz oder Versager abgestempelt: Es gibt eben immer einige, die nicht arbeiten wollen, die ihr Leben nicht in den Griff kriegen, die lieber unter Brücken schlafen als Miete für eine Wohnung zu bezahlen. Mit so billigen Sprüchen ist dieses Elend – bei Licht besehen ein Skandal für ein so reiches Land wie die Bundesrepublik – für viele erledigt.

»Sozialhilfekarrieren«, die sich von Generation zu Generation »vererben«, sind für die Ostdeutschen etwas völlig Neues. Nichts hatte sie seinerzeit gehindert, unter Beweis zu stellen, daß sie zu arbeiten bereit und in der Lage sind – manche mehr, manche weniger fleißig, und bei einigen wurde gelegentlich etwas nachgeholfen. Jeder hatte Arbeit, und wer mit seinem Leben allein nicht zurechtkam, auf den paßten Kollegen, manchmal auch andere fürsorgliche Helfer, ein wenig auf. Man hatte »seine Truppe«, die dem Bummelanten Beine machte und den ewigen Langschläfer früh aus dem Bett klingelte, womöglich sogar von zu Hause abholte. Dahinter steckte natürlich auch die Furcht des Staates vor »Asozialen«, die das Bild der heilen sozialistischen Welt verschandelt hätten. Man kann das als Zwang und Bevormundung verurteilen. Aber das ist nur die halbe Wahrheit. Denn da gab es auch ein weit verbreitetes Verantwortungsgefühl füreinander. Menschen, die Schwierigkeiten haben, ihr Leben ohne Hilfe zu ordnen, völlig sich selbst zu überlassen, halte ich jedenfalls auch nicht für den richtigen Weg. Machen wir uns doch nichts vor, Sozialhilfeempfänger und Obdachlose gehören in den meisten Fällen zu den Alleingelassenen, von den andern Gemiedenen.

Diese Kälte bekommen leider auch die Kinder, die durch Ausgrenzung am tiefsten verletzt werden, schon zu spüren. Auch ohne Kenntnis der detaillierten aktuellen Daten bin ich fest davon überzeugt, daß in Ostdeutschland prozentual deutlich mehr Kinder von Armut bedroht oder bereits betroffen sind als in Westdeutschland. Einerseits gibt es im Osten aus den erwähnten Gründen erheblich mehr alleinerziehende Mütter mit mehreren Kindern, die obendrein am stärksten von Arbeitslosigkeit betroffen sind, andererseits liegen auch die Einkommen derer, die trotz des Zusammenbruchs so vieler Betriebe noch in Lohn und Brot stehen, um einiges unter den westdeutschen Löhnen und Gehältern. 1993 errechnete das Statistische Bundesamt für fünfundzwanzig Prozent der ostdeutschen Alleinerziehenden ein Nettoeinkommen von über 2500 Mark, für neunundfünfzig Prozent von tausend bis 2500 Mark und für sechzehn Prozent von unter tausend Mark. Welche Entlastung die seit 1996 verbesserte Kindergeldregelung und die Steuerfreistellung des Existenzminimums für Alleinerziehende und Arbeitnehmer mit niedrigem Einkommen bringen wird, bleibt vorerst abzuwarten.

In der Bundesrepublik gilt als arm, wem weniger als die Hälfte des mittleren Einkommens zur Verfügung steht. Das Bild einzelner Familien, die an der Grenze zum Existenzminimum leben, fällt allerdings sehr unterschiedlich aus. Wenn es in der Familie keine ausgeprägten sozialen Schwächen gibt, wenn die knappen Mittel nicht am Kneipentresen oder am Spielautomaten draufgehen, wenn die Eltern stark und ausgeglichen sind, ihr Leben organisieren können, das Geld einzuteilen und preisgünstig einzukaufen verstehen, dann können auch Sozialhilfeempfänger einigermaßen über die Runden kommen. Immer vorausgesetzt, daß sie äußerste Bescheidenheit walten lassen. Spätestens in Ausnahmesituationen, wenn die Waschmaschine repariert werden muß oder das Kinderbett zu klein geworden ist, geraten auch sie in Not, weil sie nicht einmal kleine Reserven anlegen konnten.

Aber es sind eben nicht alle Menschen willensstark, vernünftig und stabil genug, ihr von großen Schwierigkeiten belastetes Leben allein zu regeln. Sie kommen mit den vielen Antragsformularen und Bescheinigungen nicht zurecht, sie wissen nicht, welche Leistungen ihnen überhaupt zustehen, welche zusätzlichen Ansprüche auf Hilfe in besonderen Lebenslagen sie haben, vielleicht nicht einmal, welche Ämter für ihre Probleme zuständig sind. Manche kapitulieren, noch ehe sie einen Ausweg aus der Misere überhaupt gesucht haben. Diese Menschen müßten an die Hand genommen, mit gutem Zureden und praktischer Lebenshilfe unterstützt werden. Aber wer tut das noch in unserer zunehmend von Egoismus geprägten Gesellschaft, in der zudem auch alle anderen ihr Päckchen zu tragen haben?

Wie auch immer eine Familie ihre Sozialhilfe einzuteilen versteht – »Extratouren«, für andere selbstverständlich, sind kaum möglich. Kinder, die von Schulkameraden zu Geburtstagen eingeladen werden, bleiben lieber zu Hause, weil sie kein Geschenk kaufen können; eigene Geburtstagsfeste verbieten sich, weil man sich mit bescheidener Bewirtung vor den Gästen nicht blamieren will. Der Standard, mit dem die Kinder wohlhabender Eltern gern auftrumpfen, bleibt nicht nur für Sozialhilfeempfänger unerreichbar. Auch fünfzig oder hundert Mark für eine Klassenfahrt, von höheren Summen gar nicht zu reden, können viele Eltern nicht aufbringen. Also bleiben die Kinder zu Hause und erfahren schon in jungen Jahren Ausgrenzung, wenn nicht gar Verachtung ihrer Altersgenossen. Ihre sozialen Kontakte sind bereits beim Start ins Leben beschnitten.

Die Situation verschärft sich noch einmal, wenn die Kinder das Alter erreichen, in dem Markenschuhe oder Jeans mit einem bestimmten Etikett zu Statussymbolen aufsteigen. Eine Ahnung von solchen Nöten konnten Eltern schon in der DDR bekommen: Da gab es Kinder mit Tante oder Großmutter im Westen, Mütter mit dickem Portemonnaie, die schon ihre vierzehnjährigen Sprößlinge in den teuren »Exquisit«-Läden einkleideten, und es gab Eltern, die jede Mark umdrehen mußten und gerade noch die »Jugendmode«-Preise bezahlen konnten. Jetzt, da wir alle »im Westen« einkaufen können, wenn wir nur das nötige Geld haben, klaffen die Unterschiede noch viel weiter auseinander. Die Kinder »zweiter« und »dritter Klasse« schämen sich entweder, kapseln sich ab in ihrer, wie sie meinen, ungerechten Zurücksetzung, oder sie machen aus der Not eine Tugend, indem sie ihr Selbstwertgefühl mit betont trotzigem Konsumverzicht hochhalten.

Auch in der DDR konnten sich viele Familien keinen teuren Urlaub in Bulgarien oder Rumänien leisten. Aber es gab, zu geradezu lächerlichen Preisen, Plätze in Ferienheimen der Betriebe und der Gewerkschaft; Schülern und Lehrlingen standen Ferienlager und billige Jugendherbergen zur Verfügung. Heute fliegen die Kinder wohlhabender ostdeutscher Eltern im Sommer in die Karibik, im Winter zum Skilaufen in die Alpen und zu Ostern nach Mallorca. Für manche reicht es immerhin einmal im Jahr zu einer bescheideneren Urlaubsreise. Viele aber müssen sich die Ferienzeit auf der Straße vertreiben. Zwar fördern wir in Brandenburg preiswerte Familienferienstätten und gewähren auch Urlaubszuschüsse für bedürftige Familien. Aber um auf diese Weise Ferien machen zu können, gilt auch hier wieder, daß die Eltern sich kümmern, die zuständigen Ämter kennen, Anträge einreichen müssen. Wer von diesen Möglichkeiten nichts weiß oder nicht genug Geduld aufbringt, muß zu Hause bleiben.

Vor einiger Zeit schrieb mir eine Brandenburgerin, alleinerziehende Mutter von fünf Kindern, einen verzweifelten Brief: Sie habe schon zum dritten Mal die Wohnung gewechselt, weil ihre lautstarken Rangen überall Anstoß erregten. Ich solle ihr doch helfen, ein Haus für sich und ihre Kinder zu finden, damit der Ärger mit den Nachbarn endlich aufhöre. Ihre schlaflosen Nächte hatten aber noch andere Gründe: Damit ihre Kinder mit den Schulkameraden wenigstens halbwegs mithalten konnten, hatte sie sich beim Kleiderkauf verausgabt und war deshalb schon seit Monaten die Miete schuldig geblieben. Und die Kinder waren trotzdem Außenseiter unter ihren Altersgenossen. Mit einem Wort, ein trauriges Musterbeispiel jener Alleinerziehenden, denen ihre trostlosen Lebensumstände über den Kopf gewachsen sind.

Für besonders dringliche Fälle hat das Land Brandenburg die Stiftung »Familie in Not« ins Leben gerufen. Die meisten Menschen, die um Hilfe bitten, weil sie nicht mehr ein noch aus wissen, hätten noch vor wenigen Jahren nicht für möglich gehalten, daß sie jemals in eine derart ausweglose Situation geraten könnten. Selbst wenn sie berufstätig sind, ist ihr Leben nicht mehr so übersichtlich und vorhersehbar wie früher, weil sie die vielfältigen Erhöhungen der Lebenshaltungskosten nicht kalkulieren können oder einfach für einen Moment aus dem Auge verlieren. In einem Augenblick des Überschwangs bestellen sie bei Versandhäusern – »Heute bestellen, später bezahlen« – ein paar hübsche Sachen für die Kinder – gar nichts besonderes, nur T-Shirts, Kleider und Jeans, vielleicht noch ein Spielzeug –, und dazu den längst notwendigen neuen Kühlschrank. Dann brechen plötzlich Mieterhöhung und steigende Energiepreise über sie herein, von stets drohender Arbeitslosigkeit ganz zu schweigen, und schon können sie selbst bei größter Anspruchslosigkeit ihre finanziellen Verpflichtungen nicht mehr erfüllen. Das Haushaltsgeld reicht vielleicht gerade noch für die fixen Kosten, nicht aber, um den Schuldenberg abzutragen, der durch, wie ich finde, unmoralisch hohe Zinsen der Versandhäuser noch ständig wächst. Trotzdem können sie am Jahresende nicht widerstehen, für die Kinder einen – heutzutage unerhört teuren – Weihnachtsbaum und ein paar kleine Geschenke zu kaufen.

Solche Schicksale können auch mich für Augenblicke in Verzweiflung stürzen. Unsere Stiftung »Familien in Not«, gespeist aus Lotto- und Spendengeldern, konnte 1995 in hundert extremen Fällen helfen, vor allem, indem sie Miet- und Energieschulden beglich. Ein Tropfen auf den heißen Stein, denn Tausende andere Familien sind in ähnlicher Bedrängnis.

Natürlich haben wir inzwischen auch obdachlose Familien in Brandenburg. Das heißt selbstverständlich nicht, daß die Eltern mit ihren Kindern auf der Straße leben. Die Kommunen haben für solche Fälle Vorsorge getroffen und Unterkünfte für Menschen eingerichtet, die ihre Wohnung verloren haben – zumeist durch eine Verkettung unglücklicher Umstände oder durch die Unfähigkeit, bei Mietschulden rechtzeitig um Hilfe zu bitten. Die obdachlosen Familien werden dort meist nur für relativ kurze Zeit untergebracht; die zuständigen Behörden sorgen so schnell wie möglich für neuen Wohnraum und bei Bedarf für finanzielle Unterstützung mit Wohngeld oder Sozialhilfe.

Anders steht es um die Straßenkinder, die zu Hause ausgerissen sind und sich meist in Ballungsgebieten, vorzugsweise in Berlin, aufhalten. Sie leben wirklich auf der Straße und sind häufig nicht davon zu überzeugen, daß es besser für sie wäre, in ihre Familien zurückzukehren oder Hilfe in einem Heim zu suchen.

Vor einiger Zeit fragte ich auf einer Benefizveranstaltung für obdachlose Jugendliche einen Jungen, der dort für eine Obdachlosenzeitung warb, woher er komme und warum er kein Zuhause habe. Er schwindelte mir die Hucke voll, erzählte zuerst, er käme aus West-Berlin, dann aus Westdeutschland, und schließlich stellte sich heraus, daß er kurz nach der Wende aus seinem Elternhaus in Mecklenburg-Vorpommern abgehauen war. Er wollte was erleben, kehrte, als sich seine Träume nicht verwirklichten, noch einmal nach Hause zurück, verschwand aber bald wieder, weil ihn die Eltern zu einer Ausbildung drängten, er aber »keinen Bock« auf eine Lehre hatte. Nun ist er in West-Berlin als obdachlos registriert und grinste nur nachsichtig zu meinem langweiligen Rat, sich eine Arbeit auf dem Bau und eine kleine Wohnung, und sei es auch nur eine Bruchbude, zu suchen und auf längere Sicht eine Berufsausbildung zu absolvieren.

Es sind nicht nur die unglücklichen Schicksale, die mir zu schaffen machen, sondern manchmal auch die widerspenstigen Sturköpfe, die sich einfach nicht helfen lassen wollen. Diesem offenbar unbelehrbaren Bengel hätte ich am liebsten die Ohren langgezogen.

Gewinn und Verlust

Mit Recht und triftigen Gründen haben wir einst auf das Gesundheitswesen in der DDR geschimpft. Den häufigsten Anlaß zum Ärger boten die langen Wartezeiten auf einen Termin – wenn man nicht gerade akut erkrankt war und schnell behandelt werden mußte – und die vollen Wartezimmer in den staatlichen Arztpraxen, die die Geduld der Patienten häufig auf eine harte Probe stellten. Auch die materielle und technische Ausstattung der Polikliniken, Ambulatorien, Praxen und Krankenhäuser ließ sehr zu wünschen übrig. Die Versorgung mit Arzneimitteln war zwar im großen und ganzen recht gut – und auf ärztliches Rezept außerdem völlig kostenlos –, aber etliche spezielle Medikamente standen uns nur limitiert oder gar nicht zur Verfügung.

Über die erfreulichen Aspekte der medizinischen Betreuung wurde kaum geredet; man hielt sie für selbstverständlich. Die Ärzte waren gut ausgebildet und konnten sich – da sie nicht einzelne Leistungen abrechneten, sondern ein festes monatliches Gehalt bezogen – für ihre Patienten relativ viel Zeit nehmen, ohne finanzielle Einbußen befürchten zu müssen. Sie schenkten, wenn nötig, dem ausführlichen Gespräch und der gründlichen Beratung soviel Aufmerksamkeit wie der Diagnose und der Therapie. Viele Ärzte waren Vertrauenspersonen, denen der Patient sein Herz ausschütten konnte, und zwar nicht nur, wenn er sich Sorgen um seine Gesundheit machte. Obwohl die Mediziner angespannt arbeiteten, um allen gerecht zu werden, die ihre ärztliche Hilfe brauchten, erfüllten sie oft auch »seelsorgerische« Pflichten. Das war – vielleicht gerade wegen der Ausrüstungsdefizite – wirklich sprechende Medizin.

Ich weiß über das Gesundheitswesen der DDR relativ gut Bescheid, am besten natürlich über die Betreuung der Diabetiker, weil ich mehr als zehn Jahre in der Berliner Zentralstelle für Diabetes und Stoffwechselkrankheiten gearbeitet habe. Ein Netz von Betreuungseinrichtungen für chronisch Kranke, sogenannter Dispensairestellen, war über das ganze Land verteilt. Dort wurden Patienten, die an Diabetes, Rheuma oder anderen chronischen Krankheiten litten, durch spezialisiertes medizinisches Personal systematisch und umfassend betreut. Zum Personal gehörten Fachärzte verschiedener Disziplinen, die eine Subspezialisierung für die entsprechende chronische Krankheit erworben hatten, wie auch Schwestern, Diätassistentinnen, Laborkräfte und Fürsorgerinnen (ähnlich den Sozialarbeitern) mit speziellen Weiterbildungsabschlüssen. Zu ihren wichtigsten Aufgaben gehörte neben Vorbeugung, Diagnose und Behandlung die ausführliche Beratung der Diabetiker zu Fragen der Lebensweise, der Diät, der Insulin-Spritztechnik, der Blutzucker-Selbstkontrolle, der körperlichen und beruflichen Belastung. Für Gespräche nahmen sie sich sehr viel Zeit.

Kummer machten uns die großen Lücken im Diätangebot und die mangelhafte Ausstattung mit guter Medizintechnik. Unsere Insulinspritzen der Marke »Rekord« waren eine Zumutung. Wer sich die feinen Einwegspritzen aus dem Westen nicht besorgen konnte – und wer konnte das schon? –, mußte sich wohl oder übel mit den dicken Kanülen Arme und Beine malträtieren. Die vorhandene Medizintechnik war zum Teil veraltet, Teststreifen, moderne Meßgeräte und gutes Selbstkontrollzubehör standen überhaupt nicht zur Verfügung. Die Einführung moderner analytischer Methoden scheiterte oft an nicht verfügbaren Chemikalien aus dem »nichtsozialistischen Währungsgebiet«. Um unseren Patienten das ohnehin von vielerlei Schwierigkeiten belastete Leben so leicht wie möglich zu machen, mußten wir sehr erfinderisch sein. Da ging es uns nicht anders als den Beschäftigten in vielen anderen Berufen. Nicht umsonst gelten gelernte DDR-Bürger landläufig als Improvisationskünstler.

Nach der Wende brach die Vielfalt moderner Medizintechnik und Medikamente über uns herein – ein wahrer Segen. Leider finden die chronisch Kranken nur noch schwer jemanden, der ihnen die großartigen neuen Möglichkeiten in Ruhe erklärt, obwohl sie gerade jetzt ausführliche Erläuterungen am nötigsten brauchen. Aber die Dispensairestellen wurden aufgelöst, weil sie nicht in die vorhandenen Strukturen des bundesdeutschen Gesundheitswesens paßten. Jeder niedergelassene Allgemeinmediziner oder Internist, heißt es, kennt sich grundsätzlich in allen Krankheiten hinreichend aus, auch in den chronischen. Einer besonderen Patientenführung für Chroniker bedarf es nach diesem Ansatz nicht. Doch diese Auffassung gilt selbst in Westdeutschland als überholt. Denn die Honorierung des Arztes in der Bundesrepublik ist auch heute noch weit davon entfernt, das ruhige und qualifizierte Gespräch mit dem Patienten besonders hoch einzuschätzen. Jeder Arzt – ob er das persönlich will oder nicht, ob er es richtig findet oder falsch – muß darauf bedacht sein, möglichst viele Patienten zu haben, diesen Patienten möglichst viele abrechenbare Leistungen zukommen zu lassen und unter den abrechenbaren Leistungen auch ein günstiges Verhältnis von Aufwand und Ertrag zu erreichen. Kostspielige gerätemedizinische Behandlung oder ein schneller, einfacher Griff zum Rezeptblock rechnen sich dabei häufig besser als das zeitaufwendige, oft gewiß auch anstrengendere Patientengespräch. Zur modernen Praxis gehören nun einmal aufwendige medizintechnische Anschaffungen, und die lohnen sich nur, wenn sie auch ausgelastet sind.

Ich will nicht den einzelnen Arzt angreifen, der sich nach der Wende in diesem System »einzurichten« hatte und in ihm zurechtkommen muß. Es ist der Gesamtzusammenhang, der es der vielbeschworenen sprechenden Medizin in den alten Bundesländern und jetzt eben auch hier so schwer macht.

Für den chronisch Kranken bringt dieses System manchen Nachteil mit sich. Erstens werden alle seine Fragen nur dann ausführlich genug beantwortet, wenn er beharrlich darauf besteht, zweitens ist der Arzt mit seinem Leiden in der Regel nicht so vertraut wie früher der spezialisierte Fachmann in der Dispensairestelle, der es über Jahre hinweg ausschließlich mit chronischen Krankheiten zu tun hatte. Ein Kassenarzt, der pro Quartal im Durchschnitt tausend Patienten versorgt, hat darunter nur etwa vierzig Diabetiker, die zum Teil sehr unterschiedlicher, spezieller Behandlungen bedürfen, in deren

Details sich der Arzt kaum auskennen kann. Und drittens kann ein niedergelassener Internist in seiner Praxis nicht all die anderen Fachkräfte beschäftigen, die dem Patienten früher unter einem Dach zur Verfügung standen. Zwar können Diabetiker und andere chronisch Kranke natürlich noch immer die Dienste von Fachärzten anderer Disziplinen, von Diätberaterinnen, Physiotherapeuten, Logopädinnen, Ergotherapeuten, Fürsorgerinnen und Medizintechnikern in Anspruch nehmen. Erst einmal müssen sie aber herausfinden, wo entsprechende Praxen existieren, sie müssen weite Wege gehen und sich womöglich noch jede einzelne Behandlung von den verschiedenen Kostenträgern bewilligen lassen. Vor allem außerhalb größerer Städte ist das alles sehr aufwendig, nerven- und kräfteraubend. Der Patient, der dringend der Hilfe bedarf, muß unter diesen Umständen selbst zum geschickten Manager seiner Krankheit werden, wenn er diese Hilfe in Anspruch nehmen will. Wer dazu in der Lage ist, dem wird eine Behandlung zuteil, deren Standard dank besserer Technik und Arzneimittel höher ist als früher. Wer aber nicht die nötige Energie aufbringt, um immer zur rechten Zeit an der rechten Stelle zu sein, der wird unter Umständen überhaupt nicht mehr betreut. Und eine Fürsorgepflicht des Staates für den, der den Mut sinken läßt oder die Geduld verliert, gibt es nicht.

Da wird dann ganz leicht die Forderung nach einer kompetenten und systematischen Patientenführung – neudeutsch: Case Management – für chronisch Kranke in ihr Gegenteil verkehrt: Es geht doch nicht an, daß für den Chroniker der Satz »Hilf dir selbst, dann hilft dir das gesundheitliche Versorgungssystem« zur Alltagserfahrung wird. Und wir können diese spezielle Betreuung auch nicht dem Zufall überlassen und darauf hoffen, daß hier und da - meist in größeren Städten - besonders engagierte Ärzte und Einrichtungen in ihrem Bereich helfen so gut sie eben können. Wir brauchen ein auf sicheren Füßen stehendes, flächendeckendes und qualifiziertes Gesamtsystem der Chronikerversorgung im ganzen Land, wie wir es - gewiß mit Abstrichen - in der DDR hatten.

In Brandenburg haben wir nach der Schließung der Dispensairestellen mit erheblichem Einsatz von Landesmitteln ein neues Netz von Betreuungsdiensten für chronisch Kranke aufgebaut. Aber die Finanzierung der Rehabilitationsberater (Case-Manager), die alle notwendigen Behandlungen des Patienten koordinieren sollen, durch die Krankenkassen ist nicht auf Dauer gesichert. Obwohl in der Bundesrepublik schon lange vor der Vereinigung die Betreuung chronisch Kranker in der Kritik stand, können sich gute und bewährte ostdeutsche Strukturen gegen Widerstände nur schwer oder gar nicht durchsetzen.

Große Unterschiede zwischen Ost und West gab es auch in der Onkologie. In der Bundesrepublik sind die Möglichkeiten der Krebs-Früherkennung, der Diagnostik, Operation und Rehabilitation zum großen Teil unvergleichlich besser als früher in der DDR. Hochmoderne Kliniken, Untersuchungs- und Behandlungsmethoden stehen zur Verfügung, aber wenn die Patienten nach Hause entlassen werden, ist es mit der Betreuung oft vorbei. Ein flächendeckendes ambulantes System der onkologischen Nachsorge existiert nur in einigen Teilen der Bundesrepublik und auch dort erst seit wenigen Jahren. Wenn die Patienten nicht von sich aus Kontakt zu ihrer Klinik oder zu einem Spezialisten in ihrer Nähe halten, bleiben sie meist sich selbst überlassen. Und daß Krebspatienten, die nach einer Operation inständig hoffen geheilt zu sein, dazu neigen, ihre Krankheit zu verdrängen, ist ein bekanntes Phänomen.

Auch da besinnen wir uns in Brandenburg auf etwas, das wir in ähnlicher Form früher schon hatten. Unsere Landesarbeitsgemeinschaft Onkologie, in der alle an der onkologischen Behandlung und Betreuung Beteiligten - Mediziner, Vertreter von Krankenkassen, Pflegediensten, Selbsthilfegruppen - vertreten sind, hat auch eine wesentliche Rolle bei der Einrichtung von fünf Nachsorgeleitstellen gespielt. Diese Stellen sind Teil eines Netzes, das aus stationären, ambulanten und rehabilitativen Einrichtungen zur Krebsbehandlung besteht. Die Ärzte melden dort jeden neuen Krebsfall, und die Leitstellen unterstützen die behandelnden Ärzte, damit die Patienten in regelmäßigen Abständen und so lange wie nötig zur Nachsorge bestellt werden können. Inzwischen wurden sogar Vereinbarungen getroffen, nach denen die Unterhaltung der Leitstellen und die Meldung durch die Ärzte von den Krankenkassen auf gesicherter Grundlage finanziert werden.

*

Vor der Wende gab es in der DDR etwa zwanzigtausend ambulant tätige Ärzte und Zahnärzte, die fast alle als Angestellte kommunaler oder betrieblicher Gesundheitseinrichtungen, in Polikliniken, Ambulatorien oder staatlichen Arztpraxen, arbeiteten. Nur 341 Mediziner waren 1989 noch selbständig - eine so verschwindende Minderheit, daß man es nicht einmal für nötig gehalten hatte, ihre Abrechnungsgepflogenheiten auf eine moderne Basis zu stellen: Für sie galt immer noch die antiquierte »Preußische Gebührenordnung«.

Die Umstellung der ambulanten medizinischen Versorgung auf westliche Strukturen wurde nach der Wende mit Nachdruck betrieben und in relativ kurzer Zeit abgeschlossen, sehr zur Genugtuung manches Verantwortlichen, der die alten Verhältnisse gar nicht schnell genug abschaffen konnte. Obwohl es anfangs auch Überlegungen gab, in einem vereinten Deutschland Erhaltenswertes aus dem ostdeutschen Gesundheitssystem zumindest in defizitären Bereichen des westdeutschen Systems zu erproben, wurde dem Osten schließlich das komplette westdeutsche Gefüge übergestülpt, das, weiß Gott zu Recht, auch in der Bundesrepublik seit vielen Jahren schon in der Kritik stand – die Kosten sind zu hoch, die Kooperation von Ärzten verschiedener Fachrichtungen zum Wohle des Patienten ist zu kompliziert, die ambulante und stationäre Versorgung sind nicht eng genug miteinander verzahnt, die Apparatemedizin wird überbewertet, die sprechende Medizin kommt zu kurz, die Vorsorge führt ein Mauerblümchendasein.

Binnen kurzem wurde, ganz nach westlichem Muster, die ambulante Versorgung in Ostdeutschland zu etwa neunzig Prozent von Ärzten in freier Niederlassung übernommen. Mit anderen Worten, die niedergelassenen Ärzte sind jetzt das vorherrschende »Modell« und bestimmen über ihre Organisationen die Verfahrensweise. Für etliche ältere Mediziner bedeutete dieser Wandel das Aus, weil sie sich nicht mehr in die horrenden Schulden stürzen konnten, die der Aufbau einer eigenen Praxis erfordert. Viele der jüngeren ließen sich überrumpeln, entschlossen sich in den unübersichtlichen Wirren nach der Vereinigung überstürzt zu einer Niederlassung, weil sie weiter an der ambulanten medizinischen Betreuung mitwirken wollten und keine andere Chance sahen. Sie griffen zu, solange sie noch mit zinsgünstigen Krediten gelockt und unterstützt wurden. Niemand hat ihnen kurz nach der Wende deutlich gesagt, daß die goldenen Zeiten der Niederlassung auch in der Bundesrepublik vorüber waren. Das vermeintliche Dorado des niedergelassenen Arztes war ja auch im Westen längst umstellt von Kastenzwängen und bürokratischem Aufwand, die selbst in Fachbegriffen wie »gedeckelte Gesamtvergütung« oder »Punktwertverfall« noch deutlich wurden.

Die Auflösung der Polikliniken hielt ich von Anfang an für einen großen Fehler. Mit Müh und Not und unter großen Finanzierungsschwierigkeiten konnten wir in Brandenburg gut zwanzig dieser Einrichtungen zunächst bis ins Jahr 1996 hinüberretten. Sie heißen jetzt Gesundheitszentren. Das Wort »Poliklinik« wage ich kaum noch auszusprechen – es gibt Standespolitiker, die hinter dieser Bezeichnung die Inkarnation des verstaatlichten, ineffektiven, reglementierten Gesundheitswesens des Ostblocks wittern, also ein endlich überwundenes, ungeliebtes Überbleibsel aus vergangenen Zeiten. Doch der Name ist meine geringste Sorge.

Viele Ostdeutsche trauern ihren Polikliniken und Ambulatorien nach, von denen einmal jemand gesagt hat, sie seien eine Institution wie die Kirche im Dorf gewesen. Unter einem Dach arbeiteten Fachärzte verschiedener Disziplinen neben- und miteinander, es gab meistens ein Labor, eine Röntgenabteilung, oft eine Physiotherapie, mittlere medizinische Dienste und Beratungsstellen. Die Patienten sparten vor allem Zeit und lange Wege, was sich besonders in den weit auseinanderliegenden Ortschaften auf dem flachen Land vorteilhaft bemerkbar machte. In Schwedt an der Oder zum Beispiel gibt es ein Gesundheitszentrum – eine ehemalige Betriebspoliklinik

–, dem die Leute die Treue halten, obwohl der dazugehörige Betrieb längst zu Bruch gegangen ist, das Haus jetzt nicht mehr am täglichen Weg zur Arbeit liegt und nicht einmal besonders gut zu erreichen ist.

Aber nicht nur wegen der Bequemlichkeit der Patienten ist es ein Jammer um die abgeschafften Polikliniken. Sie hätten den Ansatz für eine umfassende Modernisierung bilden sollen, aus ihnen hätte ein Zukunftsmodell entwickelt werden können, denn die Kooperation mehrerer Mediziner bei gemeinsamer Nutzung apparativer Ressourcen ist so kostengünstig wie kaum eine andere Form ärztlicher Praxis. Zumindest aber hätten sie als praktische Alternative, als eine andere Form der ambulanten Medizin weiterleben sollen, um dem Monopol der freiberuflichen Praxis andere Erfahrungen zur Seite zu stellen. Und zwar Erfahrungen in Deutschland, denn ausländische Beispiele gelten in der deutschen Gesundheitspolitik wenig.

Der Nutzen der Polikliniken ist nicht die vage Vermutung einer dickköpfigen Gesundheitsministerin, sondern wurde durch Studien von AOK und Betriebskrankenkassen ermittelt und durch die Praxis in Brandenburg belegt. Abgesehen davon, daß unkomplizierter interdisziplinärer Austausch unter Medizinern immer von Vorteil ist, können Apparate, Labors und andere medizinische Dienste durch gemeinsame Nutzung viel besser ausgelastet werden. Überflüssige Untersuchungen, die nur der Amortisierung teurer Medizintechnik dienen, die Kosten in die Höhe treiben und den Patienten belasten, erübrigen sich. Laborbefunde müssen nicht immer wieder neu ermittelt werden, sondern stehen allen Ärzten der Einrichtung jederzeit zur Verfügung. Auch in Westdeutschland haben viele Mediziner längst die Vorteile der

Kooperation erkannt. Im ambulanten Bereich haben sich seit Ende der sechziger Jahre an die dreißig Prozent der niedergelassenen Ärzte zu Praxisgemeinschaften, Gemeinschaftspraxen oder Ärztehäusern zusammengeschlossen. Das ambulante Gesundheitswesen in den neuen Bundesländern aber bewegt sich vorerst in die entgegengesetzte Richtung.

Leider sind wir weit davon entfernt, daß alle Verantwortlichen an einem Strang ziehen und gemeinsam auf die Verringerung der Kosten hinwirken. Der sogenannte Sicherstellungsauftrag für die ambulante Versorgung in der Bundesrepublik ist schon in den fünfziger Jahren an die Kassenärztlichen Vereinigungen ergangen, die mit den Krankenkassen und den anderen Kostenträgern in eigener Regie die Finanzierung aushandeln. Der Kassenärztlichen Vereinigung Brandenburg gehören zwar nicht nur niedergelassene Ärzte an, sondern auch Mediziner aus Gesundheitszentren; diese aber sind in der Minderheit, und deshalb wird die Politik im wesentlichen von Ärzten mit eigener Praxis und entsprechenden Erfahrungen für Ärzte in eigener freiberuflicher Praxis gemacht. Die Gesundheitszentren, trotz ihrer kleinen Zahl aus grundsätzlichen Erwägungen als starke Konkurrenz gefürchtet, ziehen meist den kürzeren, nicht nur finanziell. Sie rechnen ihre Leistungen nicht nach dem Prinzip der Einzelleistungsvergütung ab, sondern sie bekommen eine für die Krankenkassen insgesamt kostengünstigere Fallpauschale. Mit einfachen Worten: Sie werden nicht einzeln für Blutdruck- und Fiebermessen, Abhorchen, In-den-Hals-gucken und Hustensaftverschreiben bezahlt, sondern für die Heilung der Erkältung im ganzen. Bei komplizierteren Krankheiten kommen im Gesundheitszentrum die Synergieeffekte zum Tragen, das heißt, durch die rationelle Nutzung der vorhandenen Möglichkeiten wird die Behandlung billiger als bei niedergelassenen Ärzten. Das ist vernünftig, und es müßte eigentlich ein Vorteil im Wettbewerb sein. Wenn nun aber zwischen der Kassenärztlichen Vereinigung und den Krankenkassen großzügig kalkulierte Einzelleistungsvergütungen einerseits und bewußt zu niedrig angesetzte Fallpauschalen für die Gesundheitszentren andererseits vereinbart werden, dann sind die Gesundheitszentren klar benachteiligt. Und genau diese Absicht, so muß man argwöhnen – und so zeigt es leider auch die bisherige Erfahrung –, verfolgt die Lobby der niedergelassenen Mediziner. Außerdem muß man vermuten, daß der Vorteil im Wettbewerb, den gut geführte Gesundheitszentren eigentlich haben könnten, durch die niedrigen Fallpauschalen eben gar nicht erst zum Tragen kommen soll. Weil nicht sein kann, was nicht sein darf.

Um den Gesundheitszentren – in denen die Ärzte übrigens wählen können, ob sie als Angestellte oder in freier Niederlassung arbeiten wollen – wenigstens beim Start in den Wettbewerb ähnliche Investitionsbedingungen wie den Einzelpraxen zu sichern, hat das Land Brandenburg vor einiger Zeit ein spezielles Kreditprogramm aufgelegt. Von Subvention und ungerechten Vorteilen, wie böse Zungen wider besseres Wissen behaupten, kann dabei gar keine Rede sein. Die Kredite müssen, genau wie die der Einzelpraxen, auf Heller und Pfennig zurückgezahlt werden. Und Gesundheitszentren, die auf Dauer nicht rentabel arbeiten, werden selbstverständlich geschlossen. Es gab bereits Fälle, in denen Ärzte mit unzureichender Patientenzahl aus ihrem Gesundheitszentrum entlassen wurden. Eine Finanzierung der Zentren aus öffentlichen Mitteln ist überhaupt nicht möglich, von staatlicher Seite verzerrte Wettbewerbsbedingungen gibt es nicht.

Wie die ehemaligen Polikliniken sich behaupten werden, das hängt einerseits von den Patienten ab, die ja mit den Füßen über deren Schicksal abstimmen, andererseits aber leider auch davon, wie die Kassenärztlichen Vereinigungen am Finanzierungshebel drehen. Und da habe ich so meine Befürchtungen.

Dabei heißt es auch in einem Bericht des Bundesgesundheitsministeriums von 1994, es müsse »darüber nachgedacht werden, wie die positiven Ansätze der Poliklinik in einem freiheitlichen System umgesetzt werden können. Es müssen Wege gefunden werden, um die multidisziplinäre integrative Zusammenarbeit und die gemeinsame Nutzung von Medizintechnik in der ambulanten Versorgung zu verstärken. Die Ärzte und Heilberufe in den neuen Ländern können hier eine Vorbildfunktion übernehmen, weil sie in den früheren Polikliniken schon entsprechende Erfahrungen gesammelt haben.«

Schöne Worte. Aber wie sieht die Realität aus? Mit guten Argumenten und ersten Erfahrungen aus Brandenburg haben wir Ende 1992 nach zähem Ringen erreicht, daß die im Einigungsvertrag genannte Frist für die Polikliniken bis Ende 1995 im damaligen Gesundheitsstrukturgesetz vollständig aufgehoben wurde.

Bei genauem Hinsehen war zwar immer klar, daß dies keine Ausschlußfrist war, aber das Datum mit der daran geknüpften Propaganda hat viele ostdeutsche Ärzte ohne Not in die freie Niederlassung getrieben. Die Gesetzesänderung aber war ein positives Signal. Damit sind unsere Gesundheitszentren auch gesetzlich ausdrücklich keine »Auslaufmodelle« mehr; sie sind Entwicklungsmodelle! Seither haben viele Verantwortliche aus Westdeutschland unsere Gesundheitszentren besucht und nur lobende Worte gefunden.

Und was passierte dann? Im Juni 1996 traf das Bundessozialgericht ein Urteil, das alle bisherigen Erfahrungen und Ansichten auf den Kopf stellt. Die Gesundheitszentren sollen nur noch soweit Bestandsschutz genießen, wie sie 1992 in ihrer ganz konkreten fachlichen und zahlenmäßigen Zusammensetzung existierten. Jeder weiß, daß in der heutigen Zeit Stillstand und Entwicklungsverweigerung tödlich wirken. Und ein Einfrieren auf dem Stand, den eine Poliklinik in der wilden Umbruchzeit von 1992 zufällig hatte, spricht nicht gerade für Sachkenntnis. Es wird uns nichts anderes übrigbleiben: Wir wollen und müssen das betreffende Gesetz ganz schnell noch einmal ändern und den Gesundheitszentren die Luft verschaffen, die sie zum Atmen brauchen.

Und noch eine Erfahrung: Zum 1. Januar 1996 wurden die ostdeutschen Fachambulanzen aufgelöst – kleine Polikliniken, die den kirchlichen Krankenhäusern angeschlossen waren und unschätzbare Arbeit in der ambulanten Betreuung leisteten. Ihr Bestandsschutz war Ende 1995 abgelaufen. Nach gut fünf Jahren deutscher Einheit kann diese haarsträubende Entscheidung nicht mehr auf die Unsicherheiten der Wende und die Wirren der Vereinigung geschoben werden, wie man das in anderen Fällen gerne tut. Die Verlängerung des Bestandsschutzes wurde auch nicht etwa einfach vergessen: Der letzte Versuch zur Rettung der Fachambulanzen wurde im Herbst 1995 unternommen. Doch die FDP sträubte sich mit Händen und Füßen.

Wenn eines Tages alle Ärzte in den neuen Bundesländern in freier Niederlassung arbeiten und uns die Kosten des Gesundheitswesens vollends über den Kopf wachsen, dann werden sich die Experten in Ost und West nach langem Überlegen vielleicht an die Vorteile der guten alten Polikliken erinnern. Ich halte es einfach für widersinnig, gut funktionierende, ausbaufähige, also zukunftsträchtige und obendrein kostengünstige Strukturen politischen Aversionen und geistiger Unbeweglichkeit zu opfern, um sie später in höchster Not noch einmal zu erfinden.

Ich möchte nicht falsch verstanden werden: Die Menschen in Ostdeutschland haben gerade hinsichtlich ihrer medizinischen Versorgung von der Wende und der deutschen Einheit beträchtlich profitiert. Sie werden mit modernsten medizinischen Methoden behandelt, es stehen ihnen heute in ausreichender Menge die gleichen wirksamen Arzneimittel zur Verfügung wie den Westdeutschen. Milliarden wurden investiert, um Krankenhäuser und Arztpraxen zu sanieren, mit neuester Medizintechnik auszustatten, angenehmer und freundlicher zu gestalten. Auch die Gesundheitszentren erinnern in nichts mehr an die maroden und schlecht ausgestatteten Polikliniken und Ambulatorien von ehedem, deren oft haarsträubenden Mängeln die engagierten Mitarbeiter nur mit aufopferungsvoller Arbeit trotzen konnten. Sie sind heute so modern wie jede Praxis eines niedergelassenen Arztes. Und sie können, wenn man ihnen faire Wettbewerbschancen einräumt, rentabel arbeiten und den Krankenkassen, Versicherungen, Sozialämtern und anderen Kostenträgern Geld sparen.

Mir will einfach nicht einleuchten, warum man nicht die Vorteile zweier Systeme miteinander verbinden kann, sondern statt dessen einem einzigen System den Vorzug gibt, das neben vielen erfreulichen Vorteilen erhebliche Mängel aufweist. Ich bin auch weit entfernt von der Behauptung, die Interessenlage der Mediziner ließe sich so einfach nach Ost und West unterscheiden. Es leben nicht die Samariter in diesem und die Geschäftsleute in jenem Teil Deutschlands. Ich weiß von Gesundheitsexperten aus den alten Bundesländern, die sich für die Verzahnung von ambulanter und stationärer Versorgung, für Gesundheitszentren und Betreuungsdienste für chronisch Kranke, für die Vereinfachung des zergliederten und unübersichtlichen Systems der Kostenträger einsetzen. Ich kenne westdeutsche Ärzte, die sich gegen lobbyistische Tendenzen ihrer eigenen Verbände engagieren. Und ich kenne Ärzte in den neuen Bundesländern, denen das Geldverdienen inzwischen schon mindestens so wichtig ist wie der Dienst an ihren Patienten.

Anfang 1996 hat die SPD den Entwurf eines neuen Gesundheitsstrukturgesetzes, kurz GSG 2 genannt, vorgelegt. Er wurde in enger Zusammenarbeit mit Brandenburger Experten erarbeitet und enthält meiner Ansicht nach alles, was zu einer vernünftigen Reform des Gesundheitswesens der Bundesrepublik getan werden sollte. Ich hoffe sehr, daß, wenn nicht Einsicht, so wenigstens der Druck der eskalierenden Kosten, alle, die Verantwortung tragen, zur Vernunft zwingt.

*

Für körperlich und geistig behinderte Menschen hat sich seit der Wende vieles zum Guten und manches zum Schlechten verändert. Das Selbstwertgefühl, das Behinderte in Westdeutschland seit vielen Jahren entwickeln, macht sich immer stärker auch in Ostdeutschland bemerkbar. Sie bilden Verbände, schließen sich zu Selbsthilfegruppen zusammen und verlangen beharrlich, in alle Bereiche gesellschaftlichen Lebens gleichberechtigt integriert zu werden.

Als erstes der neuen Bundesländer hat Brandenburg 1991 einen Behindertenbeauftragten ernannt. In Artikel 12 der Landesverfassung sind, über das Grundgesetz der Bundesrepublik hinausgehend, gleiche Rechte behinderter Menschen ausdrücklich erwähnt: »Niemand darf wegen seiner Rasse, Abstammung, Nationalität, Sprache, seines Geschlechts, seiner sexuellen Identität, seiner sozialen Herkunft oder Stellung, seiner Behinderung, seiner religiösen, weltanschaulichen oder politischen Überzeugung bevorzugt oder benachteiligt werden ... Das Land, die Gemeinden und Gemeindeverbände sind verpflichtet, für die Gleichwertigkeit der Lebensbedingungen von Menschen mit und ohne Behinderung zu sorgen.«

Im öffentlichen Leben hat sich augenfällig eine Menge getan. Obwohl man noch immer auch auf große Gedankenlosigkeit trifft, hat sich die Gesellschaft im ganzen sensibler als früher auf Menschen mit Behinderungen eingestellt. Bauverordnungen verlangen, daß Neubauten auch Behinderten zugänglich sein müssen. Viele, leider noch nicht alle, öffentlichen Gebäude sind inzwischen auf Menschen mit Körperbehinderungen eingerichtet, in Bahnhöfe werden Aufzüge eingebaut, an Straßenkreuzungen spezielle Verkehrsampeln installiert. Die Brandenburger Verkehrsbetriebe schaffen nur noch Niederflurbusse und -straßenbahnen an. Die technischen Möglichkeiten, denken wir nur an die Manövrierfähigkeit der Rollstühle, sind unvergleichlich viel besser als früher, es stehen Heil- und Hilfsmittel zur Verfügung, auch spezielle Ausrüstungen für die Freizeitgestaltung, Möglichkeiten für Erholung, Reise und Sport, von denen wir vor wenigen Jahren nicht einmal träumen konnten. Allerdings ist die Erfüllung der Träume, sofern sie über die kostenlos zur

Verfügung gestellten Gegenstände des notwendigen Alltagsbedarfs hinausgehen, oft sehr teuer.

Und da liegt der Hase im Pfeffer. Denn die Möglichkeiten, ihren Lebensunterhalt selbst zu verdienen, haben sich für behinderte Menschen drastisch verschlechtert. Das System der sozialen Sicherung läßt sie selbstverständlich nicht im Stich, vom angestrebten Zustand aber, daß Behinderte für ihre Existenz weitgehend eigene Verantwortung übernehmen und, wann immer möglich, einen Beruf ausüben, sind wir sehr viel weiter entfernt als früher. Das Prinzip »Soviel Selbständigkeit wie möglich, soviel Hilfe wie nötig« wird sich unter den gegebenen Bedingungen nur sehr unvollkommen verwirklichen lassen.

In der DDR standen viele Betriebe von Staats wegen in der Pflicht, geschützte Abteilungen einzurichten und zu unterhalten, in denen behinderte Menschen inmitten normaler Arbeitsabläufe tätig sein, Kontakte zu Kollegen pflegen und selbst Geld verdienen konnten. Sie wurden nach Tarif entlohnt, arbeiteten allerdings zumeist in nicht sehr üppig bezahlten Berufen.

Mit dem Zusammenbruch der Betriebe verschwanden auch die geschützten Abteilungen, und Unternehmen, die weiter existieren oder neu gegründet wurden, verweigern sehr oft die Beschäftigung Behinderter, obwohl das Gesetz vorschreibt, daß Unternehmen mit mehr als sechzehn Beschäftigten obligatorisch eine »Behindertenquote« von sechs Prozent zu erfüllen haben. Doch danach richtet sich so gut wie kein Betrieb. Lieber zahlen sie die angedrohte monatliche Strafe von zweihundert Mark für jeden nicht eingerichteten oder besetzten Behindertenarbeitsplatz. Eine lächerliche Summe, die offensichtlich keinem wehtut. Auf diese einfache und unauffällige Weise werden Menschen mit Behinderungen aus dem Berufsleben gedrängt, ohne daß die Mehrheit der Gesellschaft davon überhaupt Kenntnis nimmt. Behinderte Menschen auszugrenzen kratzt nicht am Renommee eines Unternehmers.

In Brandenburg beobachten wir eindeutig, daß die wirkliche Leistungsfähigkeit Behinderter – trotz spezieller Berufsbildungs- und Berufsförderungswerke, die behinderten Menschen Orientierungshilfe und Qualifizierungsmöglichkeiten geben – nur selten genutzt wird. So vollzieht sich, statt sinnvoller Integration, von Stufe zu Stufe ein deprimierender Abstieg. Wer eigentlich in einem normalen Betrieb tätig sein könnte, arbeitet häufig in einer der geschützten Abteilungen, die bei uns in Brandenburg mit Landesmitteln noch aufrechterhalten werden. Wer in einer geschützten Abteilung am rechten Platz wäre, findet sich in einer der von der öffentlichen Hand getragenen Behindertenwerkstätten wieder, und wer in einer Behindertenwerkstatt produktive Arbeit leisten könnte, wird in der letzten Zuflucht, unter unserem »verlängerten Dach« der Behindertenwerkstätten, nur noch möglichst sinnvoll beschäftigt.

Um psychisch kranke und geistig schwerbehinderte Menschen allerdings stand es früher häufig weitaus schlimmer als heute. Allzuschnell waren die zuständigen Behörden der DDR mit dem Verdikt »förderungsunfähig« bei der Hand. Als nach der Wende Staatsanwälte prüfen wollten, wer den in den Landesnervenkliniken zumeist erbärmlich untergebrachten Menschen unzulässig ihre Freiheit entzogen hatte, mußten sie feststellen, daß es sich so gar nicht verhielt. Die Kranken wurden dort auf Dauer versorgt, weil es an Möglichkeiten der Rehabilitation, des betreuten und geschützten Wohnens mangelte. Die Nervenkliniken waren lebenslang ihr »Zuhause«, weil sie ein anderes einfach nicht hatten. Als förderungsunfähig eingestufte Bewohner erwiesen sich jedoch häufig als durchaus förderfähig und machten später unter aufmerksamer und fachgerechter Betreuung schier unglaubliche Entwicklungen durch: Menschen, die zuvor nur verwahrt und versorgt worden waren, führen heute ein weitgehend selbstbestimmtes Leben.

Erschreckende Zustände fanden wir beispielsweise in einem psychiatrischen Pflegeheim in Wittstock vor, in dem psychisch Schwerstkranke aus allen Teilen der DDR untergebracht waren. Aber auch in den kirchlichen Anstalten, in denen geistig behinderte Menschen in recht schlichten Verhältnissen, wenn auch gut behütet, wohnen konnten, ließen die Lebensbedingungen zu wünschen übrig. Abgesehen von allen materiellen Mängeln, erwies sich der Standort dieser Heime, die sich häufig am Rande oder sogar weit außerhalb von Ortschaften befanden, als der am schwersten wiegende Nachteil: Ihre Bewohner blieben, von der Umwelt abgegrenzt, stets unter sich.

Unsere größte Herausforderung besteht jetzt in der Dezentralisierung, Enthospitalisierung und Förderung der behinderten und kranken Menschen, wie sie in den alten Bundesländern schon viel weiter fortgeschritten ist. Das Beispiel des »Dosseparks Wittstock« der Arbeiterwohlfahrt zeigt, daß betreutes Wohnen im Stadtgebiet und die Integration in den normalen Alltag möglich sind. Auf diese Weise wird den Behinderten ein wichtiges Stück ihrer Menschenwürde zurückgegeben.

Die Integration muß früh beginnen. Wir sind sehr darauf bedacht, daß behinderte Kinder nach Möglichkeit in ihren

Familien bleiben und nicht, wie das früher häufig der Fall war, in Heimen »zusammengefaßt« werden. Nach dem Motto »Was Hänschen nicht lernt, lernt Hans nimmermehr« ist in Brandenburg mehr als die Hälfte der behinderten Kinder gemeinsam mit Kindern ohne Behinderungen in Integrationskindergärten untergebracht. So wachsen sie ganz selbstverständlich in einen Alltag hinein, in dem behinderte und nichtbehinderte Menschen ohne Vorurteile, Verletzungen und Berührungsängste miteinander umgehen können.

Die Einstellung gegenüber Menschen mit Behinderungen und psychischen Krankheiten hat sich in den vergangenen Jahren unterschiedlich entwickelt. In Ballungsgebieten, in denen eine allgemeine Zunahme von Aggressivität beobachtet wird, sind Schwache und Wehrlose leider oft die ersten Opfer ungezügelter Streitsucht und Angriffslust. Im allgemeinen aber, und besonders in ländlichen Regionen, so scheint mir, beginnen unsere Bemühungen um Integration Früchte zu tragen.

Vor einiger Zeit wurde, als Folge der schwindelerregenden Abnahme der Geburtenzahlen, eine Entbindungsklinik in Altdöbern, einer Ortschaft zwischen Cottbus und Finsterwalde, in eine Wohnstätte zur Enthospitalisierung psychisch Kranker umgewandelt. Zuerst verhielten sich die Altdöberner, und besonders die Angestellten der Klinik, sehr reserviert, einige sogar fast feindselig: Eine Entbindungsklinik ist schließlich etwas anderes als ein »Irrenhaus«. Inzwischen aber gehören die kranken Menschen zum gewohnten Bild im Ort, sie werden ganz selbstverständlich ins Gespräch gezogen und ab und zu auch auf eine Cola in die Kneipe eingeladen. Mit einem Wort, sie gehören mehr und mehr dazu. Ich könnte noch eine ganze Reihe ähnlicher erfreulicher Beispiele nennen.

Ein wichtiger Gesichtspunkt für die angestammten Bewohner solcher Orte ist natürlich, daß Rehabilitationswerkstätten oder Einrichtungen für betreutes Wohnen Arbeitsplätze mit sich bringen. In Zeiten hoher Arbeitslosigkeit ist dieser Effekt nicht zu unterschätzen. Es wäre mir gewiß lieber, wenn behinderte und kranke Menschen von vornherein als gleichberechtigte Mitglieder der Gemeinschaft akzeptiert würden. Aber wenn sich das Verhältnis auf dem Umweg über den eigenen Vorteil normalisiert und entspannt, ist es mir letzten Endes auch recht. Hauptsache, Menschen mit und Menschen ohne Behinderung lernen, vorurteilsfrei, freundlich und hilfsbereit miteinander zu leben. Das ist nur durch überschaubare, kleine Einrichtungen inmitten der Kommunen möglich. In großen Heimen und hinter hohen Mauern kann Integration nicht geübt werden.

*

Meine Mutter ist eine unternehmungslustige alte Dame von achtundachtzig Jahren. Seit der Wende ist auch für sie die Welt größer geworden. Obwohl sie nur eine schmale Rente bezieht, hat sie sich diesen und jenen Reisewunsch erfüllt. Spezielle Angebote für Senioren machen es möglich, daß auch ältere Menschen unter angenehmen Bedingungen und ohne überfordert zu werden unterwegs sein können. Sie müssen es sich natürlich leisten können, und das ist bekanntlich – im Osten wie im Westen – längst nicht bei allen Rentnern der Fall.

Daß man sich etwas nicht leisten kann, beginnt leider nicht erst beim Verreisen, sondern schon beim öffentlichen Personennahverkehr. Viele Senioren sind sehr kontaktfreudig, sie besuchen gern Verwandte und Freunde, die weit über ihren Wohnort verstreut leben. Doch die öffentlichen Verkehrsmittel, zum Beispiel in Berlin, werden immer teurer. Eine Senioren-Jahreskarte für sechshundert Mark können sich viele von ihrer Rente nicht leisten. Ich finde es bedrückend, wenn alte Menschen, die ohnehin am meisten unter Einsamkeit leiden, vor jedem kleinen Ausflug überlegen müssen, was die Hin- und Rückfahrt kostet, ob die Ausgabe sich lohnt und zu verkraften ist.

Obwohl die ostdeutschen Renten, wie jeder weiß, im Durchschnitt um einiges unter den westdeutschen liegen, fällt die Situation der Rentner in den neuen Bundesländern doch sehr unterschiedlich aus. Es klingt merkwürdig, ist aber leicht zu erklären: Gerade diejenigen, die ihr Leben lang ein sehr geringes Einkommen bezogen haben oder auf eine von größeren Pausen unterbrochene Erwerbsbiographie zurückblicken, sind zur Zeit noch besser gestellt als viele ihrer Schicksalsgenossen in den alten Bundesländern, deren niedrige Renten durch Sozialhilfe aufgebessert werden müssen. Denn in Ostdeutschland konnten wir nach der Wende einige Jahre lang die Zahlung von Mindestrenten beibehalten, die es im Westen nicht gab. Erst Anfang 1996 begann die Abschmelzung der Beträge, die eigentlich Sozialhilfeanteile sind. Wer da also bisher noch recht und schlecht von seiner Rente leben konnte, wird sich leider darauf einstellen müssen, eines Tages ebenfalls Anträge auf Sozialhilfe zu stellen, seine Ersparnisse vorzuweisen und Bedürftigkeitsprüfungen über sich ergehen zu lassen. Mindestrentner, die jeden Pfennig umdrehen mußten, sich nicht von den im allgemeinen ohnehin preiswerten, sondern von den billigsten Lebensmitteln ernährten und sich kaum einmal ein paar neue Schuhe kaufen konnten, gab es allerdings auch in der DDR; und es waren nicht wenige.

Auf den ersten Blick erscheint es auch erstaunlich, daß die Frauen in den neuen Bundesländern im Durchschnitt höhere Renten beziehen als ihre Altersgenossinnen in den alten Ländern, obwohl das allgemeine Niveau der ostdeutschen Renten erst ungefähr achtzig Prozent der westdeutschen erreicht hat. Die Irritation legt sich schnell, wenn man sich daran erinnert, daß in der DDR viel mehr Frauen ihr Leben lang berufstätig waren als in der Bundesrepublik.

Wie unterschiedlich auch immer ihre Renten ausfallen, ein ungewohntes Gefühl teilen viele ältere Menschen in Ostdeutschland: eine starke Verunsicherung im Alltag, die ihr Selbstbewußtsein, ihre Lebensfreude und ihre Zuversicht erheblich beeinträchtigen kann. Sie hängt wesentlich mit der Bauernfängerei und Kriminalität zusammen, deren Opfer häufig gerade alte Menschen werden. Sie können das Risiko einer Unterschrift unter ein Stück Papier noch schwerer einschätzen als junge Leute, sie müssen vorsichtig sein, wenn es an der Wohnungstür klingelt, und allzuoft hört man, daß alten Frauen die Handtaschen entrissen werden. Bedrückender als den materiellen Verlust empfinden sie meist die seelische Verletzung, von den körperlichen Folgen eines Überfalls ganz abgesehen. Seit sich meine Mutter ein paarmal von zwielichtigen Gestalten verfolgt fühlte, traut sie sich nicht einmal mehr am hellichten Tage ohne jüngere Begleitung zum Grab meines Vaters auf einem Friedhof mitten in Berlin.

Verunsicherungen anderer Art rühren daher, daß selbst die nähere Zukunft nur schwer zu planen ist. Die alten Leute können schlecht kalkulieren, welche Erhöhungen der Mieten, der Telefonkosten, der Energie- und Fahrpreise auf sie zukommen. Plötzlich ergehen Aufforderungen zur Nachzahlung von Betriebskosten für die Wohnung oder zur Rückzahlung von irrtümlich gezahlten Rentenanteilen in erheblicher Höhe. Die Ungewißheit macht viele ängstlich und beeinträchtigt ihr Leben. Dennoch haben sie auch Möglichkeiten, ihr Leben ein wenig zu genießen. Auch wer mit seinen Mitteln sehr haushalten muß, kann sich heute abwechslungsreicher, gesünder und schmackhafter ernähren als früher. Das warme Mittagessen allerdings, das seinerzeit in Patenbetrieben oder in den »Klubs der Volkssolidarität« für sechzig Pfennige zu haben war, in anregender Gesellschaft eingenommen oder auch nach Hause gebracht wurde, kostet beim fahrbaren Mittagstisch heutzutage um die fünf Mark, was für viele nicht jeden Tag erschwinglich ist.

Vielfältiger geworden sind die Möglichkeiten, das Alter aktiv zu gestalten. Als wir 1994 die ersten Brandenburger Seniorenwochen ausrichteten, stellten ältere Menschen, unterstützt von jüngeren Helfern, fast über Nacht mehr als achthundert Veranstaltungen auf die Beine. Die Volkssolidarität, die schon früher für die Betreuung und Geselligkeit alter Menschen eine Menge getan hat und auch weiterhin segensreich wirkt, wird in Brandenburg als ein wichtiger Partner im Paritätischen Wohlfahrtsverband gefördert. In CDU-regierten Ländern allerdings hat sie ihrer »DDR-Vergangenheit« wegen einen schweren Stand, sehr zum Nachteil der Senioren, wie ich vermute.

Wir haben in Brandenburg einen Seniorenbeirat und in fast allen Kreisen und kreisfreien Städten Seniorenbeauftragte, denn ich finde es sehr wichtig, Energie und Kreativität der älteren Menschen herauszufordern und zu unterstützen, statt ihnen fertige Angebote zu präsentieren. Mehr als ein paar hunderttausend Mark kann das Land auch gar nicht zur Verfügung stellen. Es zeigt sich, daß viele Rentnerinnen und Rentner bereit sind, sich mit Lust und Liebe selbst um ihre Freizeitgestaltung zu kümmern. So sind erstaunliche Dinge zustande gekommen: Kabaretts, Theater, Chöre, Sportgruppen, Klubs. Und Seniorenakademien, die in Hoch- und Fachschulen des Landes und an vielen anderen Orten ihre Arbeit von Senioren für Senioren aufgenommen haben: Lehrer, Professoren, Wissenschaftler, Künstler – Experten der verschiedensten Fachgebiete – gestalten ein breit gefächertes, kenntnisreich und unterhaltsam vermitteltes Bildungsprogramm.

Sehr froh bin ich auch über unser Bauprogramm für Altenpflegeheime. Von den etwa dreihundert Heimen, die wir in Brandenburg vorfanden, entsprachen nach der Wende ganze drei den Vorschriften der Heimmindestbauverordnung, annähernd die Hälfte war abbruchreif oder für Pflegezwecke völlig ungeeignet, ganz abgesehen davon, daß die Zimmer in der Regel überbelegt waren und die hygienischen Verhältnisse manchmal zum Himmel schrien. Wie die Behinderten wurden oft auch die pflegebedürftigen alten Menschen an den Rand der Ortschaften und an den Rand der Gesellschaft abgeschoben, wo sie allenfalls noch im unterdrückten schlechten Gewissen der Gesunden und »Tüchtigen« präsent waren.

In den nächsten acht Jahren soll in Brandenburg mit einem Aufwand von über zwei Milliarden Mark aus Bundes-, Landes- und kommunalen Mitteln so viel gebaut werden, daß der Bedarf an modernen Pflegeheimen und Einrichtungen für betreutes Wohnen gedeckt werden kann. Und zwar nicht am Rand der Kommunen, sondern mittendrin, wo die Menschen sich auskennen, sich zu Hause fühlen und die Wege zu Verwandten und Freunden kurz sind.

In den alten Bundesländern sind über Jahre hinweg Strukturen entstanden, die nicht unbedingt an einem Gesamtkonzept der bedarfsgerechten, flächendeckenden, ortsnahen, integrativen Betreuung der älteren Bürgerinnen und Bürger orientiert waren, sondern sich aus dem Vorhandensein von Grundstücken oder Investoren oder einflußreichen Trägern ergaben.

Wir haben bei der Neugestaltung der Pflegelandschaft für Senioren (und auch für Menschen mit Behinderung) gerade im Flächenland Brandenburg in vielen Regionalkonferenzen vor Ort – gemeinsam mit Kommunalpolitikern, Wohlfahrtsverbänden, Trägern von Einrichtungen und anderen Experten – bestimmten konzeptionellen Erwägungen von Anfang an Rechnung getragen. Pflegeheime sollen keine Sterbehäuser sein, deshalb werden die benötigten Pflegebetten mit betreutem Wohnen im Heim kombiniert. Kurzzeitpflege für Senioren, die nur bei einer zeitweiligen Erkrankung gepflegt werden müssen, sonst aber zu Hause leben wollen und können, wird ebenso eingeplant wie Tagespflege für diejenigen, die zu Hause leben wollen, sich aber tagsüber nicht selbst versorgen können. Die Menschen können die Angebote des Heims bequem kennenlernen und nutzen. Wichtig ist auch die angestrebte regionale Funktion der Heime als Seniorenzentren mit Angeboten von Gymnastik bis zum Bildungsvortrag.

Eines unserer schönsten Projekte ist das Louise-Henriette-Stift im malerischen Zisterzienserkloster Lehnin. Neben geriatrischer Akutbehandlung im Krankenhaus und einer geriatrischen Rehabilitationsabteilung – übrigens wurde die

Altersheilkunde in der DDR sehr vernachlässigt - entstanden in Lehnin ein Altenpflegeheim mit betreutem Wohnen, Tages- und Kurzzeitpflege, eine Sozialstation, ein Seniorenzentrum. Und in den umliegenden Dörfern kamen die Seniorenhöfe dazu - zu altersgerechten Wohnungen für Paare und Alleinstehende ausgebaute Bauerngehöfte.

So können die alten Leute unabhängig und gleichzeitig gut betreut in vertrauter ländlicher Umgebung einen menschenwürdigen Lebensabend verbringen.

Im Erdgeschoß des neuen Altenheims in Lenzen ist der Kindergarten untergebracht. Da kann die Großmutter aus dem Fenster gucken, wenn die kleinen Enkel am Nachmittag abgeholt werden, der Sohn kann bei dieser Gelegenheit manchmal mit seiner Mutter Kaffee trinken. So werden familiäre Kontakte gar nicht erst unterbrochen.

Anstöße

Die Bundesrepublik der Zukunft kann nicht die um 108.333 Quadratkilometer und sechzehn Millionen Menschen erweiterte Bundesrepublik von 1989 sein. Viele der neuen Bundesbürger haben das längst begriffen. Unter den ungewohnten Verhältnissen, die ihnen mit der Vereinigung ins Haus kamen, haben sie ihre Erfahrungen gemacht, und aus oft unkritischer Euphorie wuchsen allmählich kritisches Urteil und neues Selbstbewußtsein. Heute sagen sie laut, was sie denken: Der Westen hat die Weisheit auch nicht mit Löffeln gefressen.

Daß sie das ungestraft sagen dürfen, ohne die Hand vor den Mund zu halten, ist ein nicht zu unterschätzender Vorzug der Demokratie, in der sie jetzt leben. Daß sie dieses Recht, mit ihrer Meinung nicht hinterm Berg zu halten, auch tatsächlich wahrnehmen, erscheint vielen Westdeutschen als pure Undankbarkeit: Vierzig Jahre lang haben sie gekuscht, und jetzt, wo sie an unserer Freiheit teilhaben dürfen, reißen sie den Mund auf.

Na, was denn sonst? Ganz abgesehen davon, daß den Ostdeutschen die Freiheit nicht auf dem silbernen Tablett präsentiert wurde, sondern daß sie sich ihre Bürgerrechte 1989 mit Zivilcourage selbst erstritten haben, abgesehen auch davon, daß sie früher bei weitem nicht alle Duckmäuser waren, sondern Fehler Fehler und Dummheit Dummheit genannt haben: Kein Mensch, der seinen Verstand beisammen hat, kann ihnen vorwerfen, sich in der DDR angepaßt zu haben, und gleichzeitig von ihnen verlangen, sich als »die Neuen« schon wieder zu ducken und unterzuordnen. Das haben die »Beigetretenen« am Anfang eine Weile getan, jetzt aber pochen sie darauf, mit ihrer besonderen, von der westdeutschen sehr verschiedenen Lebenserfahrung und Lebensweise ernstgenommen zu werden.

Wollen die Ostdeutschen etwa die DDR wiederhaben? Eine verschwindend kleine Minderheit Unverbesserlicher vielleicht. Das, was seit einiger Zeit herablassend Ostalgie genannt wird, setzt sich meiner Ansicht nach im wesentlichen aus dreierlei zusammen: Aus dem Bewußtsein, unter den dazumal gegebenen Umständen das Beste aus seinem Leben gemacht zu haben, aus der Erkenntnis, daß die eigene Lebenserfahrung etwas wert ist (auch wenn das mancher Westdeutsche nicht anerkennen will) und aus dem Trotz gegen schon wieder geforderte Anpassung.

Aus »denen da oben« sind »die da drüben« geworden. Es ist längst nicht zusammengewachsen, was zusammengehört, und wenn man das mit der Zeit ändern will, darf man jetzt nicht die Augen davor verschließen. »Die da drüben« ist zugleich ein Synonym für »die da oben«, denn die »Eliten« der Gesellschaft, auch die, die sich in den neuen Bundesländern tummeln, sind zum größten Teil immer noch Westdeutsche. Und die »Importe« – wenn auch längst nicht alle, das sei ausdrücklich betont – lassen es häufig nicht nur am nötigen Verständnis, sondern auch an Taktgefühl fehlen. Die Ostdeutschen fühlen sich nicht als Bürger zweiter Klasse, aber sie spüren sehr deutlich, wenn sie als solche behandelt werden. Manche selbstherrlich und gegen den erklärten Willen der Bürger durchgesetzte Straßenumbenennung in Ost-Berlin liefert dafür ein vielleicht eher nebensächliches, aber trotzdem hanebüchenes Beispiel. Daß meine Familie immer noch in der Rosa-Luxemburg-Straße wohnt, obwohl auch dieser Name auf dem Spiel stand, grenzt fast an ein kleines Wunder.

Die »Frankfurter Rundschau« schrieb einmal vom »zerrissenen Selbstbewußtsein der Ostdeutschen, Freiheit genießen zu wollen, aber neue Unfreiheiten erdulden zu müssen«. Tatsächlich sind die neuen Bundesbürger noch dabei zu lernen, daß Demokratie im Prinzip ein Segen, im Alltag aber ein mühsames Geschäft ist. Was sich durchsetzen soll, muß Mehrheiten hinter sich haben, und für Mehrheiten muß man mit langem Atem kämpfen. Allzu schnell macht sich auf den steinigen Wegen – nach dem Motto »Was können wir schon tun?« – wieder Entmutigung breit. Was wird also aus der Erfahrung, der Lebensweise und der Mentalität der Ostdeutschen werden, da sie doch in der Minderheit sind? Wird von alledem nach ein, zwei Generationen überhaupt noch etwas übrigbleiben? Und was können die heute Lebenden in diesem Land bewirken?

Ich denke, daß auch von Minderheiten Anstöße zur Veränderung ausgehen können, wenn die Zeit dafür reif ist. Die Grünen haben ihre ökologischen Ideen jahrelang entwickelt und verkündet, ohne daß sie ernstgenommen wurden. Sie zogen in den Bundestag ein, und noch immer lachte man über sie, obwohl die enorme Gefährdung der Umwelt schon mit Händen zu greifen war. Heute ist die Erhaltung unserer Umwelt ein Schwerpunkt der Politik, an dem keine Partei mehr vorbeikommt. Die kleinen Gruppen der Atomkraftgegner boten mit ihren Märschen und Sitzstreiks Anlaß zum Ärger. Sie störten ein bißchen, mehr kaum. Jetzt wird die Atomenergiegewinnung allenthalben in Frage gestellt, Wissenschaftler und Politiker machen sich ernste Gedanken um Reaktorsicherheit, Lagerung radioaktiver Rückstände und um den Ausstieg aus der Kernenergie.

Die großen Probleme, unter denen Ostdeutschland leidet, sind in Wahrheit keine spezifischen ostdeutschen Schwierigkeiten, sondern Probleme der ganzen Bundesrepublik, wenn sie auch im Osten aus verständlichen Gründen viel stärker zutage treten. Viele Westdeutsche wissen es nur noch nicht: Der Klotz am Bein der deutschen Wohlstandsgesellschaft sind nicht die bedürftigen Ostdeutschen, die ihren Brüdern und Schwestern angeblich die Haare vom Kopf zu fressen drohen. Der Klotz am Bein sind geistige und politische Unbeweglichkeit. Eher als die meisten Westdeutschen haben die neuen Bundesbürger begriffen, daß nicht nur sie sich ändern müssen, wenn wir den Herausforderungen der Gegenwart und der Zukunft gewachsen sein wollen.

Ich habe den Eindruck, daß die Zeit reif ist für ein grundsätzliches Umdenken. Noch bevor der Druck der Verhältnisse unerträglich wird – und die Arbeitslosigkeit, die explodierenden Kosten in verschiedenen sozialen Bereichen, die tiefe Kluft zwischen Arm und Reich üben schon heute einen enormen Druck aus –, sollten wir uns, um Schaden abzuwenden vom sozialen Frieden und also auch von der demokratischen Verfassung der Gesellschaft, auf das Gemeinwohl besinnen. Dabei könnten ostdeutsche Erfahrungen sehr nützlich sein.